W0011936

Margaret Atwood

AUS DEM WALD HINAUSFINDEN

Ein Gespräch mit Caspar Shaller

Kampa

Für den Blick hinter die Verlagskulissen:
www.kampaverlag.ch/newsletter

Copyright © 2019 by Caspar Shaller
All rights reserved
Originalausgabe
Für diese Ausgabe Copyright © 2019 by Kampa Verlag AG, Zürich
www.kampaverlag.ch
Satz: Pagina GmbH, Tübingen
Gesetzt aus der Stempel Garamond LT
Druck und Bindung: GGP Media GmbH, Pößneck
Auch als E-Book erhältlich
ISBN 978 3 311 14013 9

INHALT

VORWORT

Es ist nicht ganz einfach, mit Margaret Atwood in Kontakt zu treten. Will man die kanadische Schriftstellerin per E-Mail erreichen, ist die Wahrscheinlichkeit hoch, dass eine automatische E-Mail oder eine biologische Assistentin antwortet, »Margaret« sei gerade in unwegsamem Gelände unterwegs. Auf hoher See, im borealen Urwald oder auf der kubanischen Zuckerrohrplantage habe sie leider nur unregelmäßig Zugang zu einem Telefon oder gar zum Internet. Vielleicht, denkt man dann, versucht man es mit einer Kristallkugel, Margaret Atwood ist schließlich berühmt für ihr Interesse an Esoterik und kultiviert mit großem Genuss ihr Image als Orakel und Hexe. Muss man dazu eine Nummer eingeben? Haben Kristallkugeln Wählscheiben?

Mit solchen Fragen fühlt man sich gleich ganz nah an diesem Überwesen der kanadischen Literatur, das sich so gerne den ganz großen Problemen widmet: der Klimakatastrophe, dem technologischen Wandel, dem Ende der Welt, dem Menschsein. Doch dabei lässt sie mit sanftem Lächeln und spitzen, pragmatischen Fragen die Luft aus diesen aufgeblasenen Themen. Schließlich steht Margaret Atwood trotz Hexenimage mit beiden Beinen auf dem Boden der Naturwissenschaften und der angelsächsischen Tradition der analytischen Philosophie.

Wie funktioniert eine neue Technologie genau? Was verändert sich dadurch wirklich? Wie verhalten sich Menschen in einer politischen Extremsituation? Diese Fragen begleiteten unser Gespräch, als ich Margaret Atwood 2017 zum ersten Mal begegnete. Vom Jetlag gezeichnet irrte ich durch die Straßen von Brooklyn, vorbei an meterhoch aufgetürmtem Schnee, auf der Suche nach ihrem New Yorker Lieblingscafé, wo ich sie für das Feuilleton der *Zeit* interviewen sollte. Zu meinem Glück war es im Café bereits zu einem Stau von Journalisten gekommen, sodass meine leichte Verspätung nicht bemerkt wurde. Die Journalisten waren alle erstaunlich jung, denn obwohl Atwood bereits 1969 ihren ersten Roman *Die essbare Frau* veröffentlichte, hat sie sich in den vergangenen Jahren vor allem unter jüngeren Lesern einen Ruf als unfreiwillige Prophetin der aufziehenden ökologischen Katastrophe und der wiedererstarkten Rechten gemacht. Ihr Interesse an technologischem Wandel und ihre Verwurzelung in den Werten des Feminismus und Humanismus machen sie zu einer literarischen Heldin vieler Millennials, die auch durch die Fernsehserie *The Handmaid's Tale*, die auf Margaret Atwoods Roman *Der Report der Magd* von 1985 basiert, auf sie aufmerksam geworden sind. Ihre neue Rolle schien ihr zu gefallen, in einem Hipster-Laden in Brooklyn Audienz haltend vor einer Horde Mittzwanziger, die ihren langen, ausufernden Antworten gespannt folgten, bei denen sie schon mal gerne die vergangenen hundertfünfzig Jahre politischer oder literarischer Geschichte Revue passieren lässt.

Eine Privataudienz, um das Gespräch zu führen, das Sie in diesem Band lesen können, erhalte ich ein Jahr später, im Herbst 2018, in einem seelenlosen, aber sehr lauten Café in der Nähe der University of Toronto. Als ich vor dem Café warte, erscheint in der Ferne zwischen den Hochhäusern Torontos, die mitten in die kanadische Tundra gestellt sind, um ein Stadtzentrum zu simulieren, eine erstaunlich kleine Frau, die tapfer gegen den Wind ankämpft. Ihre gigantische Sonnenbrille, die fast ihr ganzes Gesicht verdeckt, lässt sie wie ein hochintelligentes Insekt von einem anderen Planeten erscheinen – passend für eine Schriftstellerin, die gerne in ihrem berühmten staubtrockenen Tonfall scherzt, sie stamme eigentlich vom Mars. Im Café angekommen, wo wir zwei Tage lang über ihre Gedichte und Romane, ihr Leben im Wald und in der Stadt, Totalitarismus und Religion sprechen werden, schrumpft dieses Überwesen auf das handlichere Format einer älteren kanadischen Dame zusammen.

In Toronto erweist sie sich wie bereits in New York als sehr eigensinnige Denkerin, die ihre Gesprächspartner als Gegner in einem sportlichen Duell betrachtet. Oder als Tanzpartner – Margaret Atwood hat einst gesagt, Interviews zu geben sei wie Walzer zu tanzen: Ihre Antwort hänge davon ab, wie agil, elegant und intelligent die andere Person sei. Manche tanzten gut, andere behäbig, manche träten ihr versehentlich auf die Füße, andere mit Absicht. Die Interview-Veteranin antwortet manchmal bloß, zu dieser oder jener Frage habe sie doch gerade ein Interview gegeben, eine Rede gehalten, ein Essay verfasst oder gar ein ganzes Buch geschrieben. Wobei »gerade« auch vor fünf Jahren bedeuten kann. Bei ihrem enormen schriftstellerischen Output ist es kein Wunder, dass manchmal Sätze druckfertig aus Margaret Atwoods Mund purzeln. Manchmal ist sie nicht zu bremsen, der Journalist weiß aber, dass sie das schon an anderer Stelle gesagt hat. Die Frage hatte ein anderes Ziel, aber ihr ist das egal. Beim Tanzen führt Margaret Atwood.

Dabei ist es nicht immer einfach, ihr durch alle Ellipsen und assoziativen Sprünge zu folgen. Margaret Atwood liest, wie sie selbst sagt, alles, was ihr in die Finger kommt, nicht nur Romane und Zeitungen, sondern auch wissenschaftliche Studien und Forschungsergebnisse. So springen ihre Sätze von der Erbauungsliteratur des 18. Jahrhunderts zur Genforschung, von aktuellen politischen Debatten zur Architektur von Steinburgen im mittelalterlichen Irland. Dabei ist sie oft erstaunlich prosaisch, sie flucht mehr, als man erwarten würde, wenn man ihre Bücher kennt oder sie vor sich sitzen sieht – kaum hundertsiebzig Zentimeter groß, eingehüllt in einen Cardigan, einen Filzhut auf dem grauen, widerspenstigen Haar, das sie selbst auch schon mit einer Stahlbürste verglichen hat.

Einer Frage ist sie jedoch gezielt ausgewichen. Als ich wissen will, woran sie gerade arbeite, antwortet sie bloß, es werde eine große Sache. Mehr dürfe sie jedoch noch nicht verraten, die PR-Abteilung ihres Verlages habe ihr einen Maulkorb angelegt. Wenige Wochen später wird klar: Margaret Atwood schreibt an einer Fortsetzung von *Der Report der Magd*. *Die Zeuginnen* soll im September 2019 erscheinen. Auch auf die Nachfrage, ob es nicht vielleicht nachträglich noch möglich sei, ihr per E-Mail ein paar Sätze zu dem neuen Buch abzuringen, die in diesen Gesprächsband einfließen sollten, ließ sich der Verlag nicht erweichen. Ihre Assistentin hingegen ließ mich wissen: Margaret sei gerade ohnehin nicht verfügbar – sie habe sich in den Wald zurückgezogen.

Berlin, im Sommer 2019
C. S.

»BITTE NICHT STÖREN!«

Seit 1961 haben Sie siebzehn Romane geschrieben, zehn Bände mit Erzählungen, zwanzig Gedichtbände, zehn Sachbücher, sieben Kinderbücher, mehrere Theaterstücke und Libretti und sogar eine Graphic Novel. Wie schafft man einen solchen Output? Haben Sie beim Schreiben eine Routine? Halten Sie sich an einen starren Zeitplan wie Thomas Mann?

Ich fände es großartig, mich an eine fixe Routine zu halten, aber das ist Männersache. Es gibt eine Kurzgeschichte von Henry James, die diesen Unterschied zeigt: Ein Schriftsteller wohnt in einer charmanten Villa auf dem Land. Er hält sich an eine wundervoll ausgearbeitete Routine, er steht morgens auf, jemand serviert ihm ein schön zubereitetes Frühstück, er geht in sein schönes Arbeitszimmer und schreibt, und jemand bringt ihm ein silbernes Tablett mit etwas Tee, und dann bringt ihm jemand die Post, und er schaut sich das an, und dann hat er ein charmantes Mittagessen mit ein paar ausgewählten geladenen Gästen, wo seine charmante Frau die charmante Gastgeberin spielt. Mein Leben hat nie so ausgesehen. Ihr Leben hat wohl auch nie so ausgesehen. Also diese romantische Vorstellung, dass man sich an eine Routine hält und nicht unterbrochen wird, die habe ich noch nie erlebt. Ich sammle Schilder von Hotels auf denen steht: »Bitte nicht stören!«, »Ich schlafe!«, »!no molestar!«, all diese Dinge, und ich hänge sie an meinen Türknauf. Aber niemand schenkt diesen Schildern

11

die geringste Beachtung. Mein Ehemann, meine Kinder, Freunde von meinen Kindern, Leute, die mit mir arbeiten, sie alle marschieren in mein Arbeitszimmer und unterbrechen mich ständig.

In den Siebzigerjahren haben Sie auf einer Farm in Ontario gelebt. Hatten Sie wenigstens da Ruhe?

Schon gar nicht auf dem Bauernhof! Da waren es auch noch zusätzlich die Nachbarn, die auf eine Tasse Kaffee vorbeikamen. Wir mussten sie reinlassen. Man kann nicht Nein sagen, geh weg, ich schreibe. Das kann man seinen Nachbarn, den Bauern, nicht antun. Denn wenn dein Auto im Winter in einen Graben fährt, ziehen sie dich vielleicht nicht raus!

Von Zeit zu Zeit habe ich was gemietet, um einen ruhigen Ort zum Schreiben zu haben. Ich habe oft gewechselt, manchmal schrieb ich zu Hause, mal irgendwo in der Stadt. Manchmal habe ich mich in die Ecke eines obskuren Frozen-Yogurt-Cafés zurückgezogen. Niemand trinkt wirklich etwas in einem Frozen-Yogurt-Café. Die Leute kommen nur herein, um ihren Frozen Yogurt zu kaufen und gehen wieder weg. Niemand erwartet, mich dort zu sehen, also sehen sie mich auch nicht.

Es gibt im Schreiben also einen Unterschied zwischen Frauen und Männern?

Es gab einmal einen Unterschied, vielleicht ist das heute anders. Vielleicht sind Frauen strenger geworden, vielleicht schreien sie heute die Leute an, die sie unterbrechen. Geht weg! Das ist nicht direkt eine Folge der wirtschaftlichen Situation, die Frauen und Männer dabei unterscheidet. Es geht darum, wer Regeln festlegen darf und erwarten kann, dass andere sie befolgen. Die Regel ist also, dass ich nicht unterbrochen werden will. »Papa ist in seinem Arbeitszimmer und arbeitet, stört ihn nicht.« Niemand sagt, dass Mama in ihrem Arbeitszimmer ist. »Aber ich habe mir in den Finger geschnitten!« »Oh, Schatz, ich gebe dir ein Pflaster.«

Das ist wie die Geschichte mit den Schmerzen. Es gibt dieses Altweibermärchen, dass Männer sich mehr beschweren, wenn sie krank sind oder Schmerzen haben, weil sie eigentlich Weicheier sind. Frauen wollen sich, wenn sie diese Geschichte erzählen, stärker machen und den Männern, die sie unterdrücken, hinter ihren Rücken die Macht absprechen. Dabei beschweren sich Männer nicht mehr, weil sie schmerzempfindlicher sind, sondern weil sie erwarten, dass jemand sich um sie kümmert, wenn sie sich beklagen. Niemand kümmert sich aber um Frauen, wenn sie sich beklagen.

In einem anderen Gesprächsband von Kampa Salon sagt der Philosoph, Schriftsteller und Kulturkritiker George Steiner, wenn man ein Kind habe, sei es weniger wichtig, das Leben auf ästhetische, philosophische oder moralische Weise zu gestalten – so erklärt er, dass es weniger Schriftstellerinnen gibt als Schriftsteller. Es hat mich ziemlich überrascht, so etwas im 21. Jahrhundert zu lesen. Die Journalistin, die das Interview führt, die französische Literaturkritikerin Laure Adler, antwortet dann mit einer Liste von drei berühmten Schriftstellerinnen: Hannah Arendt, Simone de Beauvoir, Simone Weil. Aber dann sagt sie, dass keine von ihnen Kinder hatte.

Das ist *bullshit*. Es gibt viele Schriftstellerinnen, die Kinder haben. Was sich im 20. Jahrhundert geändert hat ist, dass Frauen nicht mehr fünfzehn Kinder bekommen. Wenn Sie fünfzehn Kinder haben, ist es viel unwahrscheinlicher, dass Sie ein Buch schreiben, es sei denn, Sie haben viele Bediensttete. Frauen waren meist sehr beschäftigt. Wenn sie tatsächlich beeinflussen konnten, wie viele Kinder sie bekamen, änderte sich alles. Schriftstellerinnen hatten manchmal ein, zwei, drei oder sogar vier Kinder, aber nicht fünfzehn. Virginia Woolf hatte keine Kinder, sodass das berühmte »Zimmer für sich allein« wirklich ihr allein gehörte. Sie musste es nicht mit einem Schild versehen, auf dem stand: »Bitte nicht stören!« Aber wie gesagt, selbst mit so einem Schild kommt dein Kind rein und sagt: »Mama, ich kann die Spaghetti nicht finden! Mama!«

»Wenn Sie fünfzehn Kinder haben, ist es viel unwahrscheinlicher, dass Sie ein Buch schreiben, es sei denn, Sie haben viele Bedienstete.«

Glauben Sie, dass das zu einem Unterschied im Schreibstil führt?

Ich habe keine Ahnung. Der einzige Weg, wie wir rausfinden könnten, ob Frauen und Männer anders schreiben, wäre, die Texte von vielen männlichen und weiblichen Autoren zu analysieren und diese Daten dann auszuwerten. Zu Ihrem Glück haben wir das 1970 an der Uni auch getan. Wir haben uns viele verschiedene Romane angesehen und sind dann zu dem Schluss gekommen: Es gibt keine nennenswerten Unterschiede im Schreibstil von Männern und Frauen.

Der Unterschied zwischen Texten aus verschiedenen literaturgeschichtlichen Epochen war viel größer als der innerhalb einer Epoche zwischen Autorinnen und Autoren. Zum Beispiel findet man im 19. Jahrhundert viele lange, verschachtelte Sätze, unabhängig vom Geschlecht. Ein großer Bruch erfolgt in der englischen Literatur im Verlauf des 17. Jahrhunderts, als Romane aufkommen. Da taucht Jonathan Swift auf mit seinem klaren Stil. Aber auch in dieser Epoche konnten wir keinen Unterschied finden im Schreiben von Frauen und Männern, was uns ziemlich erstaunt hat. In den frühen Zwanzigerjahren erlebt die englische Literatur noch einmal einen höchst interessanten Bruch: Der Schreibstil wird viel einfacher, direkter, unvermittelter, weniger gedrechselt. Das berühmte Beispiel dafür ist Hemingway, aber dieselbe Veränderung haben wir auch bei Texten gefunden, die von Frauen geschrieben wurden.

Die Variable, die das Schreiben anders wirken lässt, ist also nicht das Geschlecht, sondern die Epoche. Wo wir allerdings einen großen Unterschied fanden, ist bei den Themen, über die Schriftsteller oder Schriftstellerinnen schrieben. Es geht nicht darum, *wie* man über etwas schreibt, sondern *worüber* man schreibt. Und dieser Unterschied ist im 20. Jahrhundert zuerst größer geworden, bevor er sich wieder etwas angeglichen hat. Denn davor, im 19. Jahrhundert, wo erstmals viele Frauen geschrieben und auch veröffentlicht haben, war Sex als Thema in der Literatur ohnehin verboten. Zum Glück für die Schriftstellerinnen.

Warum zum Glück?

Weil Schriftstellerinnen nicht über Sex schreiben konnten. Sie konnten den Besuch im Puff nicht beschreiben – denn sie kamen ja nicht rein, sie wussten gar nicht, wie es ist im Puff. Außer sie arbeiteten dort, aber diese Frauen haben nun mal selten Bücher verfasst, sie hatten andere Probleme. Jungen sehen Frauen immer dabei zu, was sie den ganzen Tag so machen. Aber irgendwann gehen diese Jungen los, um Männersachen zu machen, wie Krieg führen oder in den Puff gehen. Dahin konnten ihnen die Frauen, die wahrscheinlich Schriftstellerinnen werden würden, nicht folgen. Frauen durften zum Beispiel nicht an die Kunsthochschule, weil sie da nackte Frauen hätten malen müssen! Das durfte nicht sein, Frauen durften keine nackten Frauen sehen.

Es gab also viele Erfahrungen, die Frauen nicht machen konnten, die sie nicht einmal beobachten konnten. Also observierten sie aus ihrer Warte, was zur Observation zur Verfügung stand. Deswegen schreibt Jane Austen auch über das Leben von Hauslehrerinnen und nicht über die Schlacht von Waterloo, was für sie eher schwierig gewesen wäre. Damals schrieb aber ohnehin niemand darüber, wie es sich anfühlte in einer Schlacht zu kämpfen und um sein Leben zu fürchten, außer in Tagebüchern, die nicht zur Veröffentlichung bestimmt waren. Wir haben das Glück, heute einige Tagebücher von Menschen lesen zu können, die die Schlacht von Waterloo überlebt haben. Aber so etwas stand damals nicht in den Zeitungen.

Männer konnten also viel leichter sehen, was im Leben der Frauen vor sich ging. Deshalb gibt es all diese weiblichen Hauptfiguren in Romanen wie *Jahrmarkt der Eitelkeiten* oder bei Tolstoi. Die Autoren waren in der Lage, diese weiblichen Figuren nah an der Lebensrealität zu erschaffen. Eine Autorin wie George Eliot schuf zwar männliche Figuren, aber nicht in ihrer Gesamtheit, denn wenn sie ins Bordell gingen, oder genauso in den Operationssaal oder in die Kanzlei, verschwanden sie aus ihrem Blick. Frauen konnten über Männer berichten, was sie von ihnen in den Gesprächen im Salon oder am Esstisch mitbekamen, aber da wurde nicht darüber gesprochen, was hinter den Kulissen passierte. Das war für die damalige Literatur natürlich kein Problem, denn Bade- und Hinterzimmer waren in der Literatur sowieso nicht erlaubt. Man hat diese Art von Privatleben schlicht nicht in die Bücher aufgenommen. Bei Thomas Hardy zum

Beispiel sind die sexuellen Ereignisse absolut entscheidend für die Handlung und die Charakterentwicklung – aber sie finden allesamt abseits der Bühne statt. Wir wissen, was da gerade passiert ist, aber Hardy zeigt es uns nicht.

Das erinnert mich an den Roman *Pamela oder die belohnte Tugend* von Samuel Richardson, den ich im Studium lesen musste. Ein Wälzer der moralischen Erbauungsliteratur aus dem 18. Jahrhundert, in dem die titelgebende Hausangestellte Pamela von ihrem Herrn über Hunderte von Seiten sexuell bedrängt wird. Sie gibt sich nicht her und wird dafür am Schluss von ihrem Herrn mit einem Heiratsantrag belohnt.

Pamela ist der auf unbestimmte Zeit aufgeschobene Orgasmus.

*»Meines Wissens bin ich die einzige Person
in der Geschichte der Menschheit,
die dieses Buch jemals zu Ende gelesen hat –
und das hat einen sehr guten Grund.«*

Ich weigere mich einfach, das Buch zu lesen, aber eine Freundin, die mit mir studierte, las es tatsächlich. Nach fünfhundert Seiten kam sie endlich zu der Szene mit der Hochzeitsnacht – die einfach abbricht. Sie hat das Buch frustriert an die Wand geworfen.

(Lacht.) »Leser, hier lassen wir das Geschehen hinter einem Schleier verschwinden.« Hinter *Pamela* steckt eine Ge-

schichte: Samuel Richardson verfasst diesen Roman über einen ungezogenen Landadeligen. Dann schreibt er *Clarissa*, die Geschichte eines noch schlimmeren englischen Gentlemans. Clarissa wird verführt, bekommt Zwillinge und stirbt. Der Mann ist Hunderte Seiten lang voll der Reue, aber wen juckt's, Clarissa musste ja schon dran glauben. Das Buch ist viel zu lang. Nachdem *Clarissa* erschienen ist, geht ein englischer Gentleman zu Samuel Richardson und sagt: »Sie haben dem englischen Gentleman einen wirklich schlechten Ruf eingebracht. Wir sind nicht alle so, *not all men!* Wir denken, Sie sollten über einen gut erzogenen Gentleman schreiben.« Samuel Richardson nimmt die Herausforderung an und veröffentlicht 1753 *Geschichte des Herrn Charles Grandison*.

Meines Wissens bin ich die einzige Person in der Geschichte der Menschheit, die dieses Buch jemals zu Ende gelesen hat – und das hat einen sehr guten Grund. Man fängt an, und denkt: Super, die Erzählerin wird von Straßenräubern entführt, spannend. Leider reitet Charles Grandison vorbei und rettet sie, bringt sie auf sein Landgut, und der Rest des sechshundert Seiten langen Buches besteht aus Berichten, wie Charles Grandison sich anständig benimmt. Man hofft ständig, dass die Erzählerin in den Keller steigt und dort entdeckt, dass Grandison heimlich Geld fälscht, oder Drogen schmuggelt, oder Menschen zerstückelt oder so etwas. Man hofft auf irgendeine Handlung. Aber nein, Grandison ist einfach gut erzogen und stellt ein perfektes Vorbild dafür dar, wie wir alle uns verhalten sollten. Stellen Sie sich vor, wie viel spannender dieses Buch hätte sein können, wären ein paar Menschen ermordet worden!

MIT TOTEN VERHANDELN

Tod, Schmerz und Körperlichkeit allgemein sind zentrale Elemente Ihres Werkes. Sie haben einmal geschrieben, Autoren hätten zwei Körper: den eigentlichen Körper des Schriftstellers, das physische Selbst, das sich an den Schreibtisch setzt, und die öffentliche Person. Mit welchem Ihrer Körper habe ich es gerade zu tun?

Es gibt den einen Körper, der mit den Hunden spazieren und Vollkorn-Cornflakes kaufen geht. Und es gibt den anderen Körper, der verzweifelt Hotelschilder an den Türknauf hängt, um endlich in Ruhe schreiben zu können. Gerade sitzen Sie aber noch einer weiteren Persönlichkeit gegenüber, nämlich der, die Interviews gibt.

Wer ist diese öffentliche Margaret Atwood?

Ich weiß nicht, was mein »Image« ist. Ich habe kein Interesse an der »Marke« Atwood. Dieses Vokabular stammt aus der Werbung: »Wir wollen unser Bier auf dem Markt positionieren als das Bier, das man beim Kanufahren trinkt. Also pappen wir ein Bild von einem Kanu auf die Flasche.« Ich bin aber keine Bierflasche, auf die man irgendein Etikett kleben kann. Viele meinen, sie könnten sich vermarkten, als seien sie ein Produkt. Aber das funktioniert nicht, denn wir sind Menschen, keine Bierflaschen, wir passen nicht einfach so in ein Marketingkonzept. Man hat ohnehin viel weniger Kontrolle darüber, wie man auf dem Markt wahrgenommen wird, als man denkt. Man kann darauf pfeifen, oder man kann versuchen, sich in eine Flasche Bier zu verwandeln. Raten Sie mal, was nicht funktionieren wird.

> *»Wenn man wie eine leere Leinwand scheint, auf der nichts abläuft, wird man zur Projektionsfläche. Natürlich erfährt man den besten Tratsch über einen selbst auch nie.«*

Man kann natürlich versuchen, sich einer Vermarktung zu entziehen, aber Sie sind nun mal ziemlich berühmt. In Ihrem englischen Wikipedia-Artikel habe ich einen erstaunlichen Satz gelesen. Dort wird ein kanadisches Magazin zitiert, das Sie in den Siebzigerjahren betitelte als »die Schriftstellerin, über die in Kanada am meisten getratscht wird«. Worüber wurde denn da getratscht?

Das ist interessant. Wahrscheinlich ist es sogar wahr. Aber ich habe keine Ahnung, was über mich getuschelt wurde, ich war ja nicht dabei. Wir lebten zu dieser Zeit auf unserer Farm auf dem Land. Also wurden wahrscheinlich Gerüchte über mich verbreitet, weil ich unsichtbar war. Wenn man wie eine leere Leinwand scheint, auf der nichts abläuft, wird man zur Projektionsfläche. Natürlich erfährt man den besten Tratsch über einen selbst auch nie.

Ein paar Gerüchte kenne ich aber. Meine Lieblingsgeschichte über mich ist die, dass ich mich nachts angeblich wie eine französische Hofkurtisane aus dem 18. Jahrhundert verkleide, inklusive der weißen Perücke, und so durch die Straßen von Toronto streife. Ich habe zwar keine Ah-

20

nung, was ich in diesem Aufzug unternehmen sollte, aber so wurde es erzählt.

Ist Ihnen das auch außerhalb Kanadas so ergangen, dass Klatsch und Tratsch über Sie verbreitet wurden? Oder haben Sie den Eindruck, dass Sie als Schriftstellerin in verschiedenen Ländern unterschiedlich behandelt werden?

Nun, im eigenen Land wird man immer am schlechtesten behandelt. Das gilt für jeden einzelnen Schriftsteller auf dem Planeten. In England sind die Kritiker gemein zu englischen Autoren, in Amerika zu amerikanischen Autoren. Man ist den eigenen Landsleuten zu vertraut, denke ich. Vermutlich können sie deshalb ihre Finger immer zielgenau in die offenen Wunden legen, weil sie wissen, wo es am meisten wehtut. Mit ausländischen Autoren verbindet sie nicht so viel, sie haben nichts zu gewinnen, wenn sie die beleidigen.

Es ist höchst unwahrscheinlich, dass jemand außerhalb von Kanada jemals einen Artikel über mich schreiben würde, in dem behauptet wird, ich sei über einem Haufen abgeschnittener Männerköpfe zum Erfolg geklettert.

Stimmt, Kritiker waren Ihnen vor allem in den ersten Jahren Ihrer Karriere nicht besonders wohlgesonnen. Einige monierten zum Beispiel, Ihr Schreibstil sei kalt und distanziert.

Nicht mehr! Das wurde früher über mich geschrieben. Es lag wohl daran, dass sie erwarteten, dass Frauen gefühlsduselig schrieben. Tatsächlich schrieb ich nicht kälter oder distanzierter als viele männliche Schriftsteller. Aber diese anderen Autoren verfügten eben über ein Y-Chromosom.

Diese Kritik wundert mich vor allem, wenn man bedenkt, dass in Ihrer Prosa manchmal wie aus dem Nichts eine sehr elaborierte Metapher auftaucht. In Ihrem Roman *Katzenauge* zum Beispiel schreiben Sie, einer der Ehemänner sähe in seinem Ledermantel aus wie ein avantgardistischer italienischer Schirmständer.

(Lacht.) Oh, das ist sehr gut, das habe ich ganz vergessen.

Ich erwähne Ihren Hang zu Metaphern, weil Sie ursprünglich als Dichterin Ihre schriftstellerische Karriere begonnen haben. In Ihrer Prosa blitzt die Dichterin ab und zu hervor. Denken Sie anders, wenn Sie ein Gedicht schreiben, als wenn Sie einen Roman verfassen?

Ich glaube sogar, dass Poesie und Prosa verschiedene Teile des Gehirns bewohnen, besonders wenn es darum geht, Rhythmus und Muster zu konstruieren. Das Problem ist, dass das sehr schwer zu beweisen ist. Prosa zu schreiben ist Arbeit. Man setzt sich hin, denkt nach, man schreibt, und das stundenlang. Dabei könnte man einen Schriftsteller durchaus verkabeln, ihn mit Elektroden verbinden und alle Gehirnaktivitäten aufzeichnen. Aber man kann nicht vorhersagen, wann man ein Gedicht schreiben wird. Das ist nicht wie im Schlaflabor, wo sie dir Kabel an den Kopf kleben, und nur darauf warten müssen, dass du einschläfst. Man kann nicht geduldig darauf warten, ein Gedicht zu schreiben. Ein Gedicht überfällt dich.

Zum Beispiel, wenn man über einen Fußballplatz spaziert. Sie haben einmal erzählt, dass Sie 1956, auf dem Heimweg von der Schule, dort die Eingebung zu Ihrem ersten Gedicht hatten. Sie schrieben es erst im Kopf, zu

Hause dann auf Papier, und da wussten Sie, dass Schreiben das einzige war, was Sie tun wollten.

Fragen Sie jeden Dichter, jeder wird Ihnen sagen, wie es ist: Man kann an einem Gedicht arbeiten, es verändern, umbauen, zuspitzen – aber man kann nicht vorhersagen, wann und wo es auftauchen wird. Man kann ein Gedicht nicht planen oder bestellen.

Werden Sie auch von der Inspiration überfallen, wenn Sie Romane schreiben, oder gehen Sie da nach einer klaren Struktur vor?

Das Schreiben eines Romans beginnt bei mir mit einer Art Kick-off, einer ersten Idee. Sie kann auch wieder verschwinden und taucht vielleicht im endgültigen Roman nirgendwo mehr auf. Aber anders als Gedichte sind Romane Knochenarbeit. Man setzt sich hin und arbeitet und arbeitet und arbeitet.

Wenn man sich Texte als Wellen vorstellt, dann sind Gedichte wie ein See im Regen. Durch die Regentropfen entstehen viele kleine Wellen, in denen die Spitzen und die Täler sehr eng beieinander liegen. Poesie ist eine sehr verdichtete Textform. Romane sind eher wie Tsunamis. Aber auch Tsunamis unterliegen den Gesetzen der Physik, und bei genauer Betrachtung kann man darin Muster erkennen. Auch beim Verfassen eines Romans geht es darum, ein Muster zu erschaffen. Wenn man auf Seite dreiundfünfzig ein Motiv einführt, taucht es vielleicht auf Seite zweihunderteins noch einmal auf, um diesen Aufbau dann auf Seite vierhundertzwanzig in einem Crescendo enden zu lassen. Oder aber man erwähnt es nach Seite dreiundfünfzig nie wieder, weil man es nur eingeführt hat, um die Leser zu verwirren. Aber selbst wenn man die Leser auf den Holzweg führt, muss das auf irgendwas hinauslaufen, die Leser müssen das auch merken. »Moment, was war denn jetzt mit diesem Brieföffner, wo ist er hin?«

> *»Wenn man sich Texte als Wellen vorstellt,*
> *dann sind Gedichte wie ein See im Regen.*
> *Romane sind eher wie Tsunamis.«*

Wenn Sie sagen, Romane sind Tsunamis, ist es schwierig sich vorzustellen, wie Sie solche Muster konstruieren. Das klingt nicht so, als würden Sie einem theoretisch ausgearbeiteten Schema von A bis Z folgen, sondern eher, als würden Sie von Wellen überrollt. Ihre Romane sind ja aber oft komplex strukturiert, sie haben Rahmenhandlungen, verschachtelte Rückblenden. *Der blinde Mörder* aus dem Jahr 2000 zum Beispiel: Die Rahmenhandlung spielt in der Gegenwart, die Erzählerin Iris schreibt einen Roman im Roman aus der Ich-Perspektive – die Binnenhandlung, über ihre Jugendjahre mit ihrer Schwester Laura bis zum Ende des Zweiten Weltkrieges –; mit fiktiven Zeitungsartikeln wird eine weitere Erzählperspektive geschaffen, ebenso wie mit einem eingeflochtenen auktorialen Erzähler und mit einer Fantasy-Erzählung innerhalb der Binnenhandlung ...

Ich denke mir nicht zuerst eine Struktur aus und schreibe dann in sie hinein. Struktur entsteht, wenn ich an einem Text arbeite, die Dinge setzen sich natürlich in Bewegung. Denken Sie an Ratten in einem Labyrinth: In einer Ecke des Labyrinths befindet sich ein Stück Käse. Stecken Sie die Ratte hinein, und sie fängt an zu suchen, läuft in eine Richtung, kein Käse da, also geht sie zurück und sucht weiter. Die Stellen, an denen es keinen Käse gibt, landen im Papierkorb. Du läufst los, du findest keinen Käse, das wird nicht funktionieren, streichen, streichen, streichen. Aber nach einigen Anläufen merkt man, dass dieser eine Teil zu diesem anderen Teil passt, obwohl man davor gar nicht an diese Verbindung gedacht hatte.

Ihre Romane sind aber nicht so einfach konzipiert wie ein Labyrinth für Ratten, sie ähneln eher riesigen Flipperautomaten, in dem fünfzig Kugeln gleichzeitig herumgeschleudert werden!

Es ist die Trial-and-Error-Methode – aber mit einer Menge Versuchen und vielen Irrtümern. Wenn ein Muster entsteht, ist es das Resultat vieler gescheiterter Versuche. Schreiben heißt scheitern. Das weiß jeder, außer man schreibt Stream-of-Consciousness-Romane und redigiert sie nicht. Es gibt ja solche Bücher, sie können sogar spontan und natürlich wirken, zumindest die ersten hundert Seiten lang. Aber dann denkt man: Warum erzählt der mir das? Komm mal zum Punkt! Ach so, es gibt gar keinen Punkt.

Jeder Roman ist in gewisser Weise ein Krimi. Wenn es am Anfang des Buches keine Geheimnisse gibt, wenn der Autor seine Karten zu früh zeigt, werden die Leser kein Interesse haben, weiterzulesen. Wir erwarten von Autoren, in die Irre geführt zu werden. Wir hoffen, dass Charaktere und Ereignisse in Wahrheit nicht so sind, wie sie zuerst erscheinen. Wir erwarten, dass Geheimnisse am Ende verraten werden, sonst sind wir ziemlich schnell verärgert. Ganz egal was für eine Geschichte es ist, ganz egal wie sie aufgebaut ist: Der Akt des Erzählens ist ein Spiel mit zwei Spielern. Der Autor webt eine Geschichte, und der Leser zieht an einem Faden, bis das Tuch sich in seine Einzelteile aufgelöst hat.

Letztendlich gibt es aber nur eine sehr begrenzte Anzahl von Konstellationen, mit denen ein Autor arbeitet: gewöhnliche Menschen, die in normalen Zeiten leben, außergewöhnliche Menschen, die in normalen Zeiten leben, gewöhnliche Menschen in außergewöhnlichen Zeiten und außergewöhnliche Menschen in außergewöhnlichen Zeiten.

»Schreiben heißt scheitern. Das weiß jeder, außer man schreibt Stream-of-Consciousness-Romane und redigiert sie nicht.«

Was macht einen Menschen außergewöhnlich?

Sie wissen schon, was ich damit meine. Winston Churchill im Zweiten Weltkrieg war eine außergewöhnliche Person, die in außergewöhnlichen Zeiten lebte. Joe, dessen Haus bombardiert wurde, war ein gewöhnlicher Mensch, der außergewöhnliche Zeiten durchlebte. Und so weiter – aber ich bin nicht allzu sehr an der Geschichte der großen Männer interessiert. Im Rückblick erscheinen sie immer mutig, aber sie hätten auch noch mutig sein und trotzdem scheitern können. Dann würde wir heute nicht sagen, was für ein Held Winston Churchill doch war, sondern was für ein Idiot.

Das ist eine sehr vereinfachte Vorstellung von Literatur. Meinen Sie wirklich, man kann die ganze Weltliteratur in ein solches Schema pressen?

Lassen Sie uns testen, ob wir alles in dieses Schema pressen können. Wie immer sollte man mit Shakespeare beginnen. Bei Shakespeare finden wir die ganze Bandbreite der Literatur im Werk eines einzigen Autors. Hamlet sagt: »Die Zeit ist aus den Fugen.« Mit anderen Worten, wenn die Zeit in seinem Leben nicht so außergewöhnlich gewesen wäre, hätte er das alles nicht durchmachen müssen.

Wenn man alle Themen der Literatur schon bei Shakespeare findet, warum sollte man dann überhaupt noch etwas Neues schreiben?

Das ist eine gute Frage. Aber falls Sie schreiben *wollen*, warum sollten Sie dann *nicht* schreiben?

Vielleicht, weil bereits alles über die *conditio humana* gesagt wurde, und dem nichts mehr hinzuzufügen ist?

Die *conditio humana*, die menschliche Existenz in dieser Welt und das Erleben dieser Welt als Mensch, ist unendlich veränderbar. Sie sitzen mir nicht in Wams und Pluderhosen gegenüber, Sie tragen kein Hamlet-Outfit. Selbst wenn Sie der Prinz von Dänemark wären und Ihre Mutter Ihren Onkel geheiratet hätte, dieses Detail wäre anders. Doch es ist nicht bloß ein Detail: Daraus kann man lesen, dass Ihre Zeit und die dazugehörige Kultur eine fundamental andere ist als die Hamlets. Es ist eben Ihre spezifische Zeit, und es ist Ihr spezifischer Ort. Niemand sonst kann das wirklich beschreiben, denn die *conditio humana* mag für alle Menschen auf der Welt gelten, doch innerhalb dieser Allgemeinheit ist jeder Mensch ein Individuum. Jeder einzelne Mensch muss seine Situation, sein Erleben der Welt, für sich neu beschreiben. Und manche tun das eben in Textform und mit mehr Publikum.

Ich schreibe nun mal sehr gerne. Das ist natürlich nicht

nur egoistisch, Schreiben ist kein eigennütziger Akt. Oder sagen wir, es ist gleichzeitig egoistisch und nicht egoistisch. Man schreibt für sich selbst, weil man schreiben will, doch man schreibt auch immer für jemanden. Man geht ja davon aus, dass das mal jemand lesen wird. Das ist auch der Grund, warum Jimmy in meinem Roman *Oryx und Crake* kein Tagebuch führt wie Robinson Crusoe. Er denkt, er sei der letzte überlebende Mensch nach einer globalen Pandemie, er kann sich also nicht vorstellen, dass es je wieder Leser geben könnte. In der Fortsetzung *Im Jahr der Flut* hingegen führt die Hauptfigur Toby Tagebuch. Sie ist Optimistin, sie glaubt daran, dass die Menschheit weiterleben wird, dass es auch in Zukunft Leser geben wird. Schlussendlich erschafft sie selbst die neuen Leser, indem sie der neuen genmanipulierten Menschenspezies, den Crakern, beibringt zu lesen und zu schreiben.

»Schreiben ist gleichzeitig egoistisch und nicht egoistisch. Man schreibt für sich selbst, weil man schreiben will, doch man schreibt auch immer für jemanden.«

Sie haben ein ganzes Buch über den Schreibprozess verfasst: *Negotiating with the Dead: A Writer on Writing* [*Mit Toten verhandeln*, nicht auf Deutsch erschienen]. Darin findet sich folgendes Zitat: »Möglicherweise hat das Schreiben also mit der Dunkelheit zu tun, mit dem Wunsch oder vielleicht mit dem Zwang, in sie einzutreten, sie mit Glück zu erhellen und etwas wieder ins Licht zu bringen.«

Gute Metapher.

Was ist das Licht? Die Aufmerksamkeit der Leser, der Öffentlichkeit?

Nein, die Leser sind diejenigen, die vom Licht profitieren. Schriftsteller beschreiben die Erfahrung des Schreibens immer mit denselben Worten: Sie irren durch ein Labyrinth, wandern durch einen Tunnel, tasten sich durch einen dunklen Raum. Gemeinsam ist ihnen allen die Vorstellung, dass da bereits etwas ist, Möbel, die in einem dunklen Raum herumstehen zum Beispiel. Aber man findet sie noch nicht, erst durch das Schreiben selbst entdeckt man, was schon vorhanden ist. Das sind die Bausteine unserer Kultur, die Mythen und Märchen, Legenden und Geschichten, alles, was uns von den Verstorbenen zurückgelassen wurde.

Lautet der Titel des Buches deshalb *Mit Toten verhandeln*, weil man ihnen diese Bausteine abringen muss?

Ja. In einer späteren Fassung hat der Verlag den Teil des Titels aber gestrichen, sie fanden ihn zu morbide. Dabei ist Schreiben etwas sehr Morbides.

HEXENSAAT

Wie sieht es denn mit den Lebenden aus – haben Sie eine genaue Vorstellung von Ihren Lesern im Kopf, während Sie schreiben? Schreiben Sie für jemanden Bestimmtes?

Ich kann nicht wissen, wer meine Leser sein werden. Ich bin nicht dazu in der Lage, mir Mary Miller aus Mississauga vorzustellen. In einigen meiner Romanen gibt es Leser als Romanfiguren, die die Rahmenhandlung konstituieren. In solchen Situationen weiß man, wer diese Leser sind – aber man kann nie wissen, wer über diese Leser im Roman lesen wird. Das ist der Grund, warum jeder schreiben sollte. Irgendwo da draußen ist jemand, der hören muss, was Sie zu sagen haben!

Vorhin haben wir über die verschiedenen Körper eines Schriftstellers gesprochen. Was unterscheidet Sie als die Autorin Margaret Atwood von der Leserin Margaret Atwood?

Der Unterschied ist so groß, man kann wirklich kaum mehr vom selben Körper sprechen. Wussten Sie, dass Lesen und Schreiben an zwei verschiedenen Stellen im Gehirn verarbeitet wird? Man kann einen Schlaganfall haben, der nur einen Teil betrifft. Das ist einem Freund von mir passiert, er hatte einen Schlaganfall, der seine Lesefähigkeit beeinträchtigte, aber nicht seine Schreibfähigkeit. Er ist Schriftsteller, es hätte also noch schlimmer kommen können. Aber nach dem Anfall konnte er nicht mehr lesen, was er geschrieben hatte. Er brauchte jemanden, der es ihm laut vorlas. Zu Shakespeares Zeiten, im elisabethanischen England des 16. Jahrhunderts, wurde Kindern häufig beigebracht zu lesen, aber nicht zu schreiben. Offenbar sind also Lesen und Schreiben zwei komplett unterschiedliche Prozesse. Beim Lesen geht es darum, Zeichen zu entschlüsseln. Höchstwahrscheinlich geht das auf einen Teil des Gehirns zurück, den wir entwickelt haben, um Fährten zu lesen. War ein Tier hier? Welches Tier? Ist es gefährlich?

In *Negotiating with the Dead* gibt es ein weiteres Schlüsselzitat: »Die Unfähigkeit, zwischen dem Realen und dem Vorgestellten zu unterscheiden, oder eher die Einstellung, dass das, was wir für real halten, auch imaginiert ist: Jedes real gelebte Leben hat auch ein Innenleben, das ein erschaffenes Leben ist.« Tanzen die Charaktere, die Sie erschaffen haben, immer noch in Ihrem Kopf herum?

Die Figuren gehören mir nicht mehr. Sie sind jetzt im Kopf von jemand anderem. Sie bewegen sich von Kopf zu Kopf.

Als Schriftstellerin sind Sie bekannt für die genaue Ausarbeitung der Charaktere in Ihren Büchern. Wenn Sie Charaktere erschaffen, wie viel denken Sie über deren Hintergrund nach? Sind das komplett ausgeformte Persönlichkeiten mit Familiengeschichten, Hobbys und so weiter, auch wenn diese Details im Buch schlussendlich nicht unbedingt erwähnt werden?

Wenn die Figur im Buch eine wichtige Rolle spielt, investiere ich viel Zeit in jede Facette ihrer Persönlichkeit und Geschichte. Ich berücksichtige Kindheitserfahrungen, die Familiengeschichte, wichtige Beziehungen und so weiter.

Ich überlege mir also, weshalb die Figur sich so verhält und eine solche Persönlichkeit hat. Aber wenn man das alles ins Buch einfließen lassen würde, wäre es sehr mühsam zu lesen. Dann bekommt man *Der Herr der Ringe* – oder einen Roman von Karl Ove Knausgård. Müssen wir wirklich wissen, welche Socken jemand trägt?

»*Wenn man das alles ins Buch einfließen lassen würde, wäre es sehr mühsam zu lesen. Dann bekommt man einen Roman von Karl Ove Knausgård. Müssen wir wirklich wissen, welche Socken jemand trägt?*«

Ihr Roman *Katzenauge* von 1988, aus dem ich vorhin schon zitiert habe, erzählt in Rückblenden die Lebensgeschichte der Malerin Elaine und ihre Beziehung zu ihren Freundinnen seit ihrer Kindheit in der Nachkriegszeit in Toronto. Es geht insbesondere um Cordelia, die Elaine fast ihr ganzes Leben lang immer wieder übel mitgespielt hat. Auffallend dabei ist vor allem, wie genau die Interaktionen zwischen den Kindern beschrieben sind. Woher nehmen Sie das Material, um Ihre Figuren zu erschaffen? Beobachten Sie die Menschen um sich herum so genau, selbst die Kinder?

Als ich *Katzenauge* geschrieben habe, war es sehr hilfreich, gerade eine Tochter in dem Alter zur Verfügung zu haben, die ich unter Beobachtung stellen konnte. Andererseits muss man, um bei dem Beispiel zu bleiben, natürlich keine eigenen Kinder haben, man muss sich nur ausführlich mit

Menschen auseinandersetzen. Die Beziehungen zwischen den Mädchen und Frauen, die ich in *Katzenauge* beschreibe, scheinen universell zu sein. Die Leser scheinen sich darin wiederzufinden. Auch nach dreißig Jahren erhalte ich noch immer Reaktionen auf das Buch, ich bekomme immer noch viel Post dazu. Jedes Mal, wenn ich auf Lesereise gehe, kommt unweigerlich irgendwann eine Leserin auf mich zu und sagt: »Ich liebe *Katzenauge*!« Dann sage ich verschwörerisch *(senkt ihre Stimme)*: »Auch in Ihrem Leben gab es eine böse Cordelia.« Die Antwort lautet immer: »Ja! Woher wissen Sie das bloß?« Cordelia scheint herumgekommen zu sein. Es scheint also eine universelle menschliche Erfahrung zu sein, dass Menschen im Alter von ungefähr acht oder neun Jahren Banden bilden und es darin gnadenlose Hierarchien gibt, die dann im späteren Leben wieder auftauchen. Das gibt es bei Mädchen ebenso wie bei Jungen.

Die Malerin Elaine hat einen Hintergrund, der dem Ihren zum Verwechseln ähnelt. Ihr Vater ist Entomologe, sie ist weit draußen im Wald aufgewachsen und muss sich erst an die große Stadt und die sozialen Gepflogenheiten gewöhnen. Sie fremdelt etwa mit den Vorstellungen, wie ein Mädchen in den Fünfzigerjahren sich zu verhalten habe. Ist das nun autobiographisch, oder ist das eine falsche Fährte?

Die Details im Buch sind historisch genau so, wie ich sie erlebt habe. So waren die Schulen, so waren die Murmeln, so waren die Kleider, so waren die Lehrer, zumindest bei mir in der vierten Klasse. Falls Sie wissen wollen, wie meine wundervolle Englischlehrerin aus der High School war, können Sie das in einem meiner Bücher nachlesen. Ich werde Ihnen aber nicht verraten, welche Figur in welchem meiner Bücher auf ihr basiert.

Sie verewigen also Menschen, die Sie in Ihrem Leben getroffen haben, in Ihren Büchern?

Wenn sie tot sind. Nicht, damit sie sich nicht mehr beschweren können, sondern um ihre Gefühle zu schonen.

Dazu kann ich Ihnen eine Geschichte erzählen. Als ich ein Mädchen war, war ich bei den *Brownies*, den Pfadfinderinnen. Lady Agnes Baden-Powell, die Schwester des Begründers der Pfadfinderbewegung, entschied, dass Mädchen auch mitmachen können sollten. Sie entwickelte diese verrückte Organisation namens *Brownies*, bei der die Anführerin *Brown Owl* genannt wurde, Waldkauz. Die jüngeren *Brownies* nannten wir Feen, Elfen oder Waldgeister oder nach anderen magischen Wesen. Gemeinsam tanzten wir im Wald um eine große Pilzattrappe aus Pappe herum. Die Szene hatte eine sehr psychedelische Anmutung. Jahre später habe ich meine *Brown Owl*, die Leiterin meiner *Brownies*-Gruppe, in ein Buch geschrieben. Ich hatte so lange nichts von ihr gehört, ich ging davon aus, dass sie schon lange tot war. Aber dann stellte sich heraus, dass sie noch quicklebendig war! Meine Freundin Martha Butterfield sagte mir, dass ihre Tante meine damalige *Brown Owl* war und mich gerne auf einen Tee einladen würde. Ich ging also hin und trank Tee mit ihr, und wir hatten eine wunderbare Zeit. Am Ende des Besuchs bat sie mich in ein Zimmer ihres Hauses. Dort stand eine Kartonschachtel, aus der sie einen kleinen Stapel Hefte nahm. »Ich denke, du solltest die haben«, sagte sie mir. Es waren Gedichte, Erzählungen und Zeichnungen, die ich gemacht hatte, als ich bei den *Brownies* war. Sie hatte sie all die Jahre aufbewahrt. Meine *Brown Owl* war also eine meiner ersten Leserinnen! An diesem Wochenende starb sie im Schlaf. Martha behauptete, sie sei gestorben, weil sie so aufgeregt gewesen sei, dass ich sie besuchen kam. Ich habe also meine *Brown Owl* getötet. Ist das nicht schrecklich? *(Lacht.)*

Das ist eine traurige Geschichte, aber dass Sie lachen, zeigt, dass es auch eine gute Geschichte ist. Schließlich wären Sie Ihrer *Brown Owl* ohne Ihr Buch wahrscheinlich nie wieder begegnet. Und nun wissen Sie ein bisschen mehr darüber, wer Ihre Leser sind, in dem Fall sogar über Ihre ersten Leser! Wenn Sie also Menschen in Ihrem Umfeld beobachten, sich mit ihnen auseinandersetzen, um daraus Inspiration für Ihre Figuren zu schöpfen, wie erhalten Sie Einblicke in deren Psyche?

Sind Sie Rechtshänder?

Ja.

Dann geben Sie mir Ihre linke Hand. *(Sie setzt ihre rote Brille auf.)* Sie scheinen einen geheimen Beschützer zu haben. Das sieht man hier, an der doppelten Linie auf Ihrer linken Handfläche. Sie scheinen auch ein hartnäckiger Mensch zu sein. Das erkennt man an Ihrem Daumen, er bewegt sich fast nicht, wenn man versucht, ihn zurückzubiegen.

Eine Möglichkeit, Leute dazu zu bewegen, über sich selbst zu reden, ist ihre Hände zu lesen. Sie erzählen dann, ob es stimmt, was ich aus ihren Handflächen interpretiere, oder ob es völliger Blödsinn ist, und eigentlich ist es ganz anders, und zwar so. Die Leute reden gerne über sich selbst.

Ich habe die klassische Handlesekunst zur gleichen Zeit gelernt wie die Astrologie. Ich lebte 1968 in Edmonton. In den langen Winternächten war es wegen des Eises auf der Straße gefährlich, sich nach draußen zu wagen. Dazu gab es den Eisnebel, der aus Eiskristallen besteht, die in die Lunge gelangen und sie aufschlitzen können. Dann erstickt man an seinem Blut. Man musste sich also drinnen beschäftigen. Zum Glück hatte ich eine tolle Nachbarin, eine niederländische Kunsthistorikerin namens Jetske Sybyzma. Sie forschte damals über Hieronymus Bosch und vertrat die Theorie, dass seine Gemälde astrologische Symbole enthielten. Und so hatte sie Astrologie studiert, um diese Symbole interpretieren zu können. Jetske brachte mir zum Zeitvertreib bei, was sie über das Handlesen und das Auswerten von Horoskopen wusste.

Mittlerweile ist Jetskes These international anerkannt. Heute wissen wir, wie wichtig Tarot und Astrologie im Alltag der Renaissance waren. Wenn Sie damals jemanden neu kennenlernten, war es nicht unwahrscheinlich, dass Ihr Gegenüber Ihre Hand und Ihr Horoskop lesen wollte, um herauszufinden, wie Sie so drauf sind. Deshalb ist es sehr nützlich, sich mit dem Handlesen auszukennen, wenn man Porträts aus der Renaissance betrachtet. An den Positionen der Hände, der Finger und selbst daran, an welchem Finger jemand einen Ring trägt, kann man ablesen, was für eine Person der Dargestellte ist, welche Geschichte mit diesem Gemälde erzählt wird.

»Früher habe ich Freunden und Bekannten auch die Karten gelegt, aber meine Vorhersagen wurden mit der Zeit so präzise, dass es anfing unheimlich zu werden, und ich hörte auf.«

Eigentlich sind Sie bekannt dafür, sich sehr für Wissenschaft zu interessieren. Woher kommt dann Ihr Hang zur Esoterik?

Als ich zur Schule ging, war Mythologie gerade sehr in. Wir haben in der Literaturgeschichte nach Archetypen gesucht und solche Dinge. Ich weiß auch alles über Tarot-karten. Das habe ich durch mein Studium der Literatur des 20. Jahrhunderts gelernt. Tarotkarten waren in der Zeit von T. S. Eliot in Mode, der sie in seinem Versepos *Das wüste Land* erwähnt. Charles Williams, ein wenig bekannter Schriftsteller dieser Zeit und ein Mitglied des Kreises um Tolkien, schrieb sogar einen Roman mit dem Titel *Die Trumpfkarten des Himmels*. Ich besitze noch immer ein Tarot de Marseille. Früher habe ich Freunden und Bekannten auch die Karten gelegt, aber meine Vorhersagen wurden mit der Zeit so präzise, dass es anfing unheimlich zu werden, und ich hörte auf.

Aber der eigentliche Grund für meine Faszination liegt in der grundlegenden Funktion, die diese Mythen in unserer Kultur einnehmen. Als ich in den Sechzigerjahren in Edmonton lebte, bot die University of Edmonton einen Schreibkurs für Anfänger an. Sie baten mich, dort zu unterrichten, da ich zu diesem Zeitpunkt bereits Gedichte veröffentlicht hatte. Die Studenten waren ganz frisch an der Uni und hatten panische Angst vor dem weißen leeren Blatt. Um ihnen zu helfen, habe ich meine Tarotkarten von zu Hause mitgebracht. Ich ließ sie eine der großen Arkana wählen, das sind die Trumpfkarten mit den Figuren und Bildern, oder aus den Hofkarten der kleinen Arkana, also König, Königin, Ritter oder Bube, aus einer der vier Farben: Stäbe, Kelche, Schwerter oder Münzen. Da Tarot so tief in unserer Kultur verankert ist, verstanden die Studenten sofort die Symbolik der Karten. Die Stäbe stehen etwa für das Element Feuer, also für Wille, Kraft, Motivation, der König symbolisiert eine Vaterfigur, die für Durchsetzungskraft und solche Dinge steht. Die großen Arkana sind noch einfacher zu lesen. »Der Turm« zum Beispiel zeigt den Turm von Babel, der gerade in sich zusammenbricht, die Karte steht also für Zerstörung. Mithilfe dieser

Motive eine Geschichte zu schreiben funktionierte sehr gut, ebenso gut wie mit Motiven aus Märchen. Das sind alles ganz basale Motive der westlichen Kultur.

Am Ende Ihres Romans *Oryx und Crake* – auf den ich später noch einmal ausführlicher zu sprechen kommen will – beginnen die Craker, sich Geschichten zu erzählen, obwohl sie ja gerade ohne jeglichen Kontakt zur westlichen oder sonst irgendeiner Kultur erzogen wurden, um die Fallstricke des Menschseins zu vermeiden.

Sie fangen sogar an zu schreiben, was noch schlimmer ist! Das ist der Anfang vom Ende. Die Erbsünde. Viele Leute würden sagen, dass es *das* grundlegende Merkmal des Menschen ist, was uns von anderen Tieren unterscheidet: das Erzählen. Soweit wir wissen, erzählen Tiere keine Geschichten. Sie können logisch denken, Raben zum Beispiel scheinen darin wirklich gut zu sein. Aber Raben scheinen keine Mythologie zu haben, in der der Gott der Raben die ersten Raben aus einem schwarzen Stein erschaffen hat. Raben denken nicht unendlich in die Vergangenheit zurück. Und sie denken auch nicht unendlich weit in die Zukunft. Was passiert mit mir, Bob, dem Raben, nachdem ich tot bin? Die Fähigkeit, sich an die Vergangenheit zu erinnern, scheint ein Mittel zur Planung der Zukunft zu sein.

Wenn Sie ein Evolutionsbiologe wären, müssten Sie sicherlich die Ansicht vertreten, dass Religionen eine evolutionäre Anpassung sind. Jene Gruppen, die bereits in der Steinzeit eine Form von Religion entwickelten, hatten eine bessere Überlebenschance als jene ohne, denn diese hatten größere Schwierigkeiten, den sozialen Zusammenhalt zu gewährleisten. Sobald sich Sprache weit genug entwickelt hat, um grammatikalische Zeitformen zu haben, muss man eine Ursprungsgeschichte erfinden. Denn plötzlich kann man über die Vergangenheit sprechen – und irgendwann muss die ja begonnen haben. Ich habe mir gestern die Hand auf dem Herd verbrannt, also werde ich heute meine Hand nicht mehr dorthin legen. Das scheint die Funktion der Literatur in der Gesellschaft zu sein, die drei Grundfragen zu beantworten: Wer sind wir? Wie sind wir hierher gekommen? Wo gehen wir hin?

»Das scheint die Funktion der Literatur in der Gesellschaft zu sein, die drei Grundfragen zu beantworten: Wer sind wir? Wie sind wir hierher gekommen? Wo gehen wir hin?«

Sie kennen bestimmt das Buch *Der Heros in tausend Gestalten* von Joseph Campbell. Seit es 1949 erschienen ist, gehört es zu den Standardwerken der Literaturwissenschaft. Campbell untersucht darin Legenden und Mythen verschiedener Kulturen und kommt zu dem Schluss, dass es eine Standarderzählstruktur gebe, die allen Kulturen gemein sei: die Reise des Helden. Obwohl seine Thesen ziemlich veraltet sind, hat dieses Buch in den letzten Jahren gerade bei Hollywood-Drehbuchautoren fast Kultstatus erlangt. Es ist zu einer Art Vorbild geworden, auf dem die Popkultur aufbaut. Das Buch fungiert nicht mehr nur als eine Beschreibung, sondern als eine Schablone. Sind solche Stereotypen nicht sehr einschränkend?

Zum Glück gilt das nur für Helden. Er hat ja nicht von der Held*in* in tausend Gestalten geschrieben. Das ist viel weniger erforschtes Gebiet.

Diese Typologie, die Campbell beschreibt, sieht man sehr deutlich in der Oper und im Ballett des 19. Jahrhunderts. Für Opern müssen Sie in der Regel eine Reihe von Stimmen zur Verfügung haben, sonst muss man sich auf die eine Sopranistin beschränken, die immer nur glücklich vor sich hin trällert und immerzu eine moralisch hochstehende Bürgerin ist. Dabei begehen Leute in der Oper ständig Selbstmord oder bekommen Tuberkulose und verenden Lieder schmetternd, während sie eigentlich ersticken und Blut spucken müssten. Aber vielleicht bin ich zu sehr Realistin für so ein Genre.

Es gibt bestimmte Konventionen in der Oper, die das Erzählen von Geschichten erleichtern. *Der Report der Magd* zum Beispiel funktionierte als Oper viel besser als in der Verfilmung von Volker Schlöndorff von 1990. Denn im Film hatten sie die Stimme aus dem Off, den inneren Monolog von Offred, rausgeschnitten. Der Drehbuchautor Harold Pinter hatte zwar ein Voiceover geschrieben, aber das wurde weggelassen. Ein großer Fehler bei einem Buch, das hauptsächlich in Innenräumen und im Kopf der Protagonistin spielt, in ihren Erinnerungen und ihrer Selbstreflexion.

In der Oper hingegen kann man mit all diesen anderen Leuten um sich herum auf der Bühne stehen und aus vollem Hals seine Gefühle aus sich rausschreien – und die anderen Schauspieler auf der Bühne tun so, als würden sie es nicht hören. Das geht in einem Film nicht, der den Anspruch hat, realistisch zu sein.

DIE KÖNIGIN DER SCHWERTER

Sie selbst spielen gerne mit den Konventionen von standardisierten Genres. Ihre Erzählungen in *Die steinerne Matratze* von 2014 sind alle in irgendeiner Form Horrorgeschichten. Vampire, ein eingefrorener Mann und der Geist von Zenia, der Gegenspielerin aus Ihrem älteren Roman *Die Räuberbraut*, kommen darin vor.

> *»Eine Kreuzfahrt durch den nördlichen*
> *Atlantik ist etwas für alte Menschen –*
> *und für viele andere ein Horror.«*

Ich liebe Horrorgeschichten. Ich habe auf einer Kreuzfahrt angefangen, die Geschichten zu schreiben, die dann gesammelt als *Die steinerne Matratze* veröffentlicht wurden. Eine Kreuzfahrt nach Island, um genau zu sein. Eine Kreuzfahrt durch den nördlichen Atlantik ist etwas für alte Menschen – und für viele andere ein Horror. Die Passagiere mussten unterhalten werden, also machte ich mich ans Werk. Auf dem Schiff waren fünf Männer mit dem Namen Bob, die alle mit der Zeit etwas nervös wurden, denn den Bobs in der einen Geschichte ergeht es nicht gut. Ich musste sie beruhigen, indem ich ihnen versicherte, dass sie nicht die Bobs aus meiner Geschichte waren.

Die Geschichte über den Bräutigam, der in einem Lager erfriert, ist so wirklich geschehen, es stand in der Zeitung. Ich bin so alt, ich lese noch Zeitung. Aber manchmal steht auch was Spannendes darin, nicht bloß Trump, Trump, Kuchenrezept, Trump.

Ich glaube, viele Leser fürchten sich viel mehr vor den alten Menschen in den Geschichten als vor den Geistern und Vampiren. Heute gehöre ich zur Generation der Großmütter. Das bedeutet, ich kann so viel flirten, wie ich will – niemand nimmt mich ernst. Ist das befreiend? Fragen Sie eine andere Großmutter.

Man muss sich dazu in Erinnerung rufen, dass die Frage meines Alters historisch völlig neu ist. Früher wurden Menschen schlicht nicht so alt, wie ich es heute bin. Im 19. Jahrhundert hätte sich die Familie um die Großmutter gekümmert, die wohl kaum noch Bücher geschrieben hätte – und sie hätte schon gar keine Interviewfragen dazu beantwortet.

Die meisten dieser Kurzgeschichten handeln von älteren Paaren …

Schreib über die Dinge, mit denen du dich auskennst! Als Dreißigjährige über das Altern zu schreiben bedeutet, Vermutungen anzustellen. Man kann beobachten und seine Schlüsse ziehen. Vielleicht hat man außerordentlich gut aufgepasst, und die Vermutungen, die man anstellt, sind erstaunlich genau – aber auch dann ist man nicht dazu in der Lage, diesen Prozess mit all seinen Tücken zu beschreiben. Junge Schriftsteller interessieren sich ohnehin kaum für ältere Figuren. Warum auch? Als ich noch die Treppe hochgekommen bin, hatte ich auch Besseres zu tun.

Beeinflusst Ihr Alter, wie Sie schreiben?

Nein, meine eigene Arbeit ist gleich geblieben, ich bemerke aber, wie Kritiker und Leser anders mit mir umgehen, viel wohlwollender. Der Kontext ändert sich. Mein Kontext reagiert heute ganz anders auf mich, jetzt wo ich eine alte Frau bin. Manche Journalisten schreiben, ich sei eine Ikone. So ein Blödsinn. Da streue ich lieber selbst das Gerücht, ich sei eine gefährliche Hexe.

Als ich jünger war, habe ich mich dagegen gewehrt, meine Arbeit oder auch die anderer Schriftsteller durch eine biographische Linse zu lesen. Ich wollte nur die Arbeit gelten lassen, nicht den Kontext. Heute stehe ich dem offener gegenüber, was vielleicht auch daran liegt, dass ich mittlerweile selbst einige verschiedene Kontexte erlebt habe.

»Manche Journalisten schreiben,
ich sei eine Ikone. So ein Blödsinn.
Da streue ich lieber selbst das Gerücht,
ich sei eine gefährliche Hexe.«

Sie selbst haben aber früher Charaktere erschaffen und beschrieben, die damals viel älter waren als Sie. Wenn Sie jetzt zurückschauen, finden Sie, Sie haben gute Vermutungen angestellt?

Ich denke, ich lag ziemlich richtig. Aber ich hatte auch viele Menschen in diesem Alter beobachtet. Ich musste nicht einmal aus der Hand lesen. Heute habe ich den Vorteil, sowohl junge als auch alte Figuren erfinden zu können. Man darf aber auch nicht vergessen, dass es nicht selten falsch ist, was man denkt, wenn man eine Person zum ersten Mal trifft.

Man sollte immer offen sein für die Tatsache, dass man etwas falsch interpretiert hat, dass man voreilige Schlüsse gezogen hat.

Ein Freund von mir zum Beispiel wurde mit einem zusätzlichen Chromosom geboren, sodass er als Kind als Mädchen großgezogen wurde. Oft sterben Menschen mit diesem Syndrom sehr jung. Aber ein Arzt hat ihn in die Finger bekommen und ihn mit Steroiden vollgepumpt, sodass er mit Anfang zwanzig aufging wie ein Ballon und seine Körperbehaarung nur so spross. Er sah aus wie ein Holzfäller, wie einer dieser großen, übermächtigen Typen, vor denen viele Frauen Angst haben. Dann, irgendwann in den Siebzigerjahren, als alle über Unterdrückung sprachen, sagte mein Freund, er könne viel über Unterdrückung und Gewalt erzählen, aber wolle es nicht, weil er sie tatsächlich erlebt habe.

Man würde eben nie vermuten, was diese Person alles erlebt hat, wenn man ihn die Straße entlang gehen sieht. Und das ist es, was im Moment vor sich geht: Einem Großteil der aktuellen politischen Debatten liegt ein Denken zugrunde, das Menschen in bestimmte Kategorien einordnet. Als wüsste man über das Leben eines Menschen Bescheid, wenn man es von außen betrachtet. Die Weigerung, das Individuum anzusehen, ist eigentlich die Weigerung, an das Individuum zu glauben. Man kann aber nicht Schriftsteller sein, ohne zu glauben, dass es Individuen gibt. Denn in Romanen geht es schließlich immer um Individuen, der Ursprung dieser literarischen Form im 18. Jahrhundert liegt ja in der Entstehung der Vorstellung vom Individuum.

Da Sie die aktuellen politischen Debatten ansprechen: Sie gelten als politische Autorin. Sehen Sie das selbst auch so? Was an Ihrem Werk würden Sie als explizit politisch bezeichnen?

*»Einem Großteil der aktuellen politischen
Debatten liegt ein Denken zugrunde,
das Menschen in bestimmte Kategorien
einordnet. Als wüsste man über
das Leben eines Menschen Bescheid,
wenn man es von außen betrachtet.«*

Ich sehe mich als Realistin. Falls mich jemand als politische
Autorin betrachtet, dann bloß, weil ich versuche, die Wirk-
lichkeit zu beschreiben. Und die ist nun mal politisch. Ich
schreibe ja nur auf, was die Leute mir so erzählen. Und die
Leute erzählen mir viel. Ich könnte genauso gut ein großer Telefonhörer sein, in den jeder reinquatscht. Da kommt
über die Jahre einiges an Geschichten und Erfahrungen zusammen. Und was alles erst in der Zeitung steht! Lesen Sie
doch mal das ganze Zeug, was die Leute so in die Welt po-
saunen. Da steht für jeden gut lesbar, was Menschen denken, was die Probleme unserer Gesellschaft sind und welche guten Ideen sie so haben, um diese Probleme zu lösen.
Ich lese schon ziemlich lange alles, was mir in die Hände
kommt, da merkt man, dass sich die angeblichen Probleme
ebenso verändern wie die angeblichen Lösungen.

Es ist also unmöglich, einen Roman zu schreiben, der in
der Lebensrealität verankert ist und nicht zumindest teil-
weise politisch ist. Denn unser Leben ist bestimmt von
Machtverhältnissen. Und Macht ist der Kern der Politik.
Das findet man alles schon bei Shakespeare. Shakespeare
war sehr interessiert an denselben Themen, die mich interessieren. Nun, außer an der Wissenschaft, die gab es damals
noch nicht in unserem Sinne.

Aber wissen Sie, ich kandidiere ja nicht für irgendein

Amt. Niemand würde mich wählen, also spielt es auch keine Rolle, was ich denke. Sehen Sie sich in der Welt um! Stecken alle mit ihrer Nase in einem Buch? Nein, nur eine Minderheit liest Bücher. Bereits der Grad an Wohlstand begrenzt die Zahl an Lesern stark, und dann kommt noch erschwerend hinzu, welche Art von Büchern ich schreibe, das schränkt die Zahl der möglichen Leser noch weiter ein. Wir sprechen hier also von einem wirklich verschwindend kleinen Prozentsatz der Weltbevölkerung, den ich mit meinem Schreiben erreiche. Ich habe da keine Anflüge von Größenwahn.

»Ich war es nicht! Es ist nicht meine Schuld, dass Trump gewählt wurde!«

Das ist nun wirklich sehr bescheiden. Viele Ihrer Romane sind weltweit Bestseller. *Der Report der Magd* klettert nun über dreißig Jahre nach der Erstveröffentlichung wieder auf den Listen empor.

Stimmt, plötzlich soll ich an allem schuld sein. Das rot-weiße Outfit der Mägde kennt man jetzt auf der ganzen Welt, es ist zu einem Meme geworden, das die Unterdrückung von Frauen symbolisiert. Es taucht überall auf, in Parlamenten ebenso wie auf Cosplay-Veranstaltungen, in Schweden und Texas. Dazu kommen die ganzen Merchandising-Produkte, von Flüssigseife, deren Behälter wie ein roter Umhang aussieht und deswegen »The Handsoap's Tale« heißt [der Originaltitel des Romans lautet *The Handmaid's Tale*], bis zur Herbstkollektion der Modedesignerin Vera Wang. Beim

Women's March in Washington trugen viele Demonstrantinnen Schilder, die auf meinen Roman anspielten: »*The Handmaid's Tale* is not a Blueprint« [»*Der Report der Magd* ist keine Blaupause«]. Oder mein Lieblingsspruch: »Make Margaret Atwood Fiction Again« [In Anlehnung an Donald Trumps Wahlkampf-Slogan »Make America Great Again«, sinngemäß: »Macht Margaret Atwood wieder zu literarischer Fiktion«]. Ich kann Ihnen aber versichern: Ich war es nicht! Es ist nicht meine Schuld, dass Trump gewählt wurde!

Aber das Buch erscheint selbst mir als auf unheimliche Weise zutreffend. Das betrifft den amerikanischen Vizepräsidenten Mike Pence sogar noch mehr als Trump selbst. Pence ist evangelikaler Christ, und diese Leute haben ihre Absichten schon immer klar gemacht. Ich habe bereits in den Achtzigerjahren ein große Akte angelegt, als ich für den Roman recherchierte. Darin sammelte ich Artikel, die ich aus Zeitungen ausschnitt, in denen die evangelikale Rechte der USA ihre Meinungen und Pläne für die Zukunft der amerikanischen Gesellschaft ausbreitete. Die Akte ist in der öffentlichen Bibliothek von Toronto hinterlegt, man kann sie dort jederzeit einsehen. Ich glaube, wenn Menschen eines gewissen politischen Schlages öffentlich sagen, was sie planen in die Tat umzusetzen, wenn sie im Amt sind, dass sie es auch tun werden.

Ich gehöre nicht zu denjenigen, die Trump und die Leute um ihn herum als politische Clowns betrachten. Viele, die überrascht waren, dass Trump gewählt wurde, vertreten die Ansicht, dass man Trump nicht ernst nehmen könne. Das halte ich für falsch. Seine Politik ist eine der Desinformation und Ablenkung. Seht mal her, was für einen Wahnsinnstrick ich mit der einen Hand mache! Währenddessen führt die andere Hand den wahren Plan aus.

Der aktuelle weltweite Erfolg von *Der Report der Magd* liegt wohl nicht nur an Trump, auch in Europa erleben wir ähnliche Entwicklungen.

In einer gewissen Weise sind diese Entwicklungen normal. Wenn das Gefühl entsteht, die Politik sei zu weit in die eine Richtung gegangen, schlägt das Pendel zurück. Sehen Sie, ich zeichne Ihnen das auf der praktischerweise hier liegenden Serviette auf *(sie zückt einen Stift und beginnt, ein Diagramm zu zeichnen)*: Hier, auf der senkrechte Achse, haben wir in der Mitte die gemäßigte Zone, oben die Tyrannei und unten die Anarchie. Oder nein, streichen wir das. Anarchie ist der Name einer politischen Ideologie, schreiben wir besser Chaos. Auf der waagerechten Achse haben wir links und rechts. Wenn man zu weit nach links unten oder nach rechts unten wandert, landet man im Chaos, so oder so.

Das kann man aktuell sehr gut beobachten: Sowohl die Linke als auch die Rechte greifen die Institutionen an. Das ist etwas, was sie bereits in den Dreißigerjahren getan haben. Sie wollen die Mitte loswerden, damit sie einen totalen Krieg gegeneinander führen können.

Der Zustand des Chaos ist aber nicht lange aufrechtzuerhalten, weil Menschen nicht ohne Gesetze leben können. Irgendwann ist das schlicht zu frustrierend: Jeder kann sich deiner Lebensgrundlage bemächtigen, dir dein Essen wegnehmen, deinen Hof, oder in unseren modernen Gesellschaften deinen Job. Da kommt Angst auf, das hält man nicht lange aus. Wenn es also Chaos gibt, ist der nächste Schritt: Wir brauchen jemanden, der uns hilft, das Chaos zu stoppen. Dann bekommt man seine Kriegsherren und starken Männer.

Wo befinden wir uns jetzt, in diesen Zeiten, auf Ihrem Diagramm?

Wir sind immer noch in der gemäßigten Zone. Wir glauben immer noch an die Rechtsstaatlichkeit – zumindest nominal. Wir glauben immer noch an eine unabhängige Justiz, und wir glauben immer noch an eine unabhängige Presse. Aber beide Pole, rechts wie links, werden diese Institutionen angreifen, denn sie wollen uns ins Chaos oder in die Tyrannei treiben. Mit Institutionen wie einer unabhängigen Justiz und einer unabhängigen Presse wird ihr Plan aber nicht aufgehen.

Ich muss sagen, dass ich mich in den letzten achtundsiebzig Jahren meines Lebens nicht an eine Zeit entsinnen kann, die mich mehr an die Dreißiger- und frühen Vierzigerjahre erinnert hat. Ich habe noch nie solche Attacken auf ebenjene demokratischen, pluralistischen und humanitären Werte erlebt, von denen ich einst dachte, dass wir sie verinnerlicht hätten und verteidigen würden. Worauf Sie also achten müssen, sind Angriffe auf die Institutionen. Und das ist genau das, was Trump tut. Aber die Attacken gerade kommen von vielen Seiten gleichzeitig.

Die verschiedenen Spielarten des Totalitarismus sind alle gleich, egal wie sie sich nennen. Ihr Ziel ist die totale, unangefochtene Macht. Dafür muss die Mitte ausgelöscht werden. Die Mitte steht für Anstand, Vernunft, Fairness, alles Werte, die so aufgeplusterte Führerfiguren nicht brauchen können. Sie benötigen radikale, irrationale Loyalität. Und dafür müssen die Mahner beseitigt werden.

Betrachten Sie sich also als Teil der Mitte?

Oh, absolut. Ich glaube an eine unabhängige Justiz, ich glaube an eine freie Presse. Nun ja, soweit man sagen kann, dass es eine freie Presse gibt, denn natürlich geht es da sehr stark ums Geld. Ich glaube auch an geheime Wahlen, all diese Dinge. Aber es ist nicht so, dass die Demokratie perfekt ist. Sie ist es nicht.

Extremisten setzen für ihre Attacken oft genau jene Instrumente ein, die die Demokratie eigentlich so schätzt. Wahlen zum Beispiel. Wahlen sind sehr nützlich für die Extremisten, wenn sie die Wähler dazu manipulieren können, ihrem Kandidaten ihre Stimme zu geben. Einmal an der Macht, nutzt die gewählte Person dann alle Instrumente des Staates, um den Einfluss der Bürger zu untergraben und das System freier Wahlen zu pervertieren, etwa indem man, wie in den USA, Wahlkreise zu seinen Gunsten umlegt. Dann gewinnt man bei den nächsten Wahlen ganz einfach wieder.

Wenn es überhaupt ein nächstes Mal gibt. Denn eine andere Möglichkeit ist, das Wahlsystem zu zerrütten. Der Katalog an Werkzeugen dafür ist lang: Sie erzählen Lügen, je größer die Lüge, desto besser. Sie versuchen die unabhängige Presse zum Schweigen zu bringen. Sie verhaften oder ermorden Künstler und Schriftsteller, die das Pech haben, eine andere Meinung zu haben. Irgendwann schaffen sie die unabhängige Justiz ab. Sie benutzen ungerechte Gesetze, die die totalitäre Regierung durch die nominell immer noch existierenden Parlamente gepeitscht hat. Irgendwann kommt der Einsatz von außerrechtlichen Unterdrückungsmitteln wie Mord oder die Anstiftung von Mobs zu gewalttätigen Angriffen auf politische Gegner und Minderheiten. Zum Schluss kommt es zu aufwändig inszenierten öffentlichen Denunziationen, um Rivalen zu zerstören und die Bevölkerung in einem Zustand der Angst zu halten.

Um dann nicht selbst verraten zu werden, denunziert man am besten schnell selbst jemanden. Aber die Versuchung ist auch groß, die eigene Position zu stärken, in dem man Denunziant wird. Und wenn die Denunziationsmaschine auf Hochtouren läuft, ist sie kaum mehr aufzuhalten. Angetrieben von der Angst, der Scheinheiligkeit bezichtigt zu werden, drängen sich die Extremisten gegenseitig zu immer weiteren Extremen. Der eine verrät seinen Onkel, da muss der andere schon seine drei Tanten denunzieren, damit er mithalten kann.

» Was wir heute erleben, ist das Äquivalent zum Ancien Régime im Frankreich vor der Revolution.«

Diese extremen gesellschaftlichen Verschiebungen sind bloß eine Pendelbewegung für Sie? Also alles ganz natürlich?

Ich denke, diesmal wird diese Polarisierung von einer bestimmten Gruppe sehr, sehr reicher Menschen vorangetrieben. Wir sehen uns einem übermächtigen Kapitalismus gegenüber. Was wir heute erleben, ist das Äquivalent zum Ancien Régime im Frankreich vor der Revolution. Das Ancien Régime hatte zu viel Geld und zu viel Macht an der Spitze der Gesellschaft konzentriert. Das lädt ja nur ein zu einem Aufstand, wenn die Bedingungen dafür reif sind. Das hat das Regime dann selbst besorgt, als sie zu viel Geld in die Amerikanische Revolution gesteckt haben, weil die Franzosen auf die Briten wütend waren. Die Amerikaner vergessen diesen Teil ihrer Geschichte übrigens gern. Nun, die Franzosen mussten dann ihre Bevölkerung höher besteuern, um dieses militärische Abenteuer finanziell wieder auszugleichen. Dann ist der Preis für Brot gestiegen. Da fehlt nur noch ein kleiner Funke. Tja, und dann gab es 1789 einen sehr heißen Sommer.

Man kann auf einer Weltkarte die revolutionären Ausbrüche und die Wetterextreme markieren, da ergeben sich überraschende Übereinstimmungen. Es gibt ein paar Dinge, die halten Menschen nicht aus. Nahrungsmittelknappheit zum Beispiel. Wenn es mal entweder zu heiß ist, oder zu kalt, zu nass, oder zu trocken, dann knallt's. Dann gibt es Wassermangel, was weniger Nahrung und damit höhere Preise bedeutet. All das bringt das Fass zum Überlaufen. Die Leute sagen nur: Ich kann das nicht ertragen, ich habe die Nase voll, ich kann unter diesen Bedingungen nicht leben. Das sehen wir heute überall.

Was sich im Nahen Osten verändert hat, ist vor allem das Klima. In Syrien herrschte in den Jahren vor 2011, als der Arabische Frühling anfing, eine große Dürre. Oder sehen Sie sich die steinernen Befestigungen in Irland an, diese berühmten Verteidigungstürme. Sie wurden gebaut, weil sich das Klima änderte: Es wurde nasser. Wenn Kriege um Ressourcen geführt werden, sagen immer mehr Menschen: Das hier ist meins!

Sind soziale Veränderungen so mechanisch?

Der Mensch ist bis zu einem gewissen Grad ein biologischer Mechanismus. Wenn man ein System unter Stress setzt, ein Ökosystem, eine Ameisenkolonie, eine menschliche Gesellschaft, wird sich dieses System verändern. Sehen Sie sich Videos an, wie Korallenriffe ausbleichen. Korallenriffe sind komplexe Organismen. Wenn man sie auf eine bestimmte Art unter Stress setzt, reagieren sie auch auf eine bestimmte Art. Wenn man einen Menschen in einen Kessel mit kochendem Wasser steckt, wird er irgendwann sterben. Allen Städten entlang der Seidenstraße ging es super – bis es keine Seidenstraße mehr gab und der Handel einen anderen Weg nahm. Das war's dann für Samarkand. Jeder Organismus und jede Gesellschaft funktioniert nur unter bestimmten Bedingungen optimal.

DAS RAD DES SCHICKSALS

Sie haben den Arabischen Frühling angesprochen. Hier haben wir gerade den fünfzigsten Jahrestag von 1968 gefeiert. Aber heute gibt es keinen *youth bulge*, keinen demographischen Jugendüberschuss. Wir leben in überalterten Gesellschaften, es gibt einfach prozentual an der Bevölkerung gemessen viel weniger junge Menschen als in den aufgeregten Sechziger- und Siebzigerjahren. Doch auch im Westen scheint es gerade wieder zu brodeln.

Ich denke nicht, dass das eine Frage der Statistik ist. Jede Gesellschaft, die weiter bestehen will, muss darauf achten, was junge Leute denken und wollen. Sie denken und tun dann vielleicht wieder etwas anderes, wenn sie dreißig werden. Wir müssen Marktforschung darüber betreiben, was junge Menschen heute denken. Wie in jeder anderen Epoche und demographischen Gruppe gibt es einige, die sehr aktiv und laut sind. Man darf diese lauten Stimmen aber nicht verwechseln mit den Positionen all dieser jungen Leute, was sie alle heute wirklich denken. Denn viele denken vielleicht, dass der laute Typ da drüben, der gerade in allen Medien für die jungen Leute spricht, ein Idiot ist.

Zurzeit gärt es definitiv. Es gibt Momente, da breiten Proteste sich aus, das haben wir gerade mit dem Women's March gegen Trump gesehen. Das waren nicht nur junge Leute, das war Protest auf der ganzen Linie. Diese Momente gibt es, aber dann muss auch etwas daraus entstehen. Beeinflussen diese Proteste, ob und was die Leute wählen?

Es gibt gerade ein gewisses Maß an Selbstgerechtigkeit: Ich werde ohnehin nicht wählen, weil das ganze System korrupt ist. Bitte, tut was ihr wollt, mir kann das egal sein, ich bin sowieso bald tot. Aber wenn du nicht wählst, hast du kein Recht, dich über das Ergebnis zu beschweren!

Nur, was ist das Ziel? Was wollen die Menschen erreichen? Manchmal wissen sie es einfach nicht. Junge Leute spielen vielleicht auch gerne Revolution, das macht Spaß. Das ist eine große Party, da wollen sie dabei sein. Wir sind nun mal die Spezies, die wir sind. Langfristiges Denken liegt uns nicht besonders.

»Wir sind nun mal die Spezies, die wir sind. Langfristiges Denken liegt uns nicht besonders.«

Glauben Sie also, dass diese Generation nicht versteht, worum es geht bei den Protesten, oder vielleicht gar nicht weiß, was eine echte Revolution bedeuten würde?

Ursprünglich bedeutet das Wort Revolution »Umdrehung«, »Zurückwälzen«, wie die Drehung eines Rades. Was unten ist, kommt nach oben, was oben war, kommt nach unten. Diese Art von Umdrehung verspricht keine Gleichheit, sondern bloß einen Positionswechsel. Für die einen bringt das Glück, für die anderen Pech. Die Göttin Fortuna dreht am Rad, einige steigen auf, und andere werden zerquetscht. Das Rad ist zwar ein verbreitetes Symbol für Veränderung. Aber da jedes menschliche Symbol eine positive und eine negative Version kennt, wurde das Rad auch zu einem besonders unangenehmen mittelalterlichen Foltergerät.

Marx und Engels sprechen im *Kommunistischen Manifest* vom »Rad der Geschichte« – heute eine Metapher für den unaufhaltbaren Fortgang der Geschichte, ein Rad, das sich nicht zurückdrehen lässt.

Menschliche Gesellschaften verändern sich ständig. Es gibt keine unveränderbaren Werte. Was heute wie das Richtige und Aufrechte erscheint, kann morgen schon als falsch erscheinen. Und übermorgen ist es dann doch wieder richtig. Es gibt also in der Geschichte kein Richtig oder Falsch. Geschichte bedeutet bloß aufzuzeichnen, wer gerade an der Macht ist, oder welche intellektuelle Strömung gerade in Mode ist. Die Geschichte ist kein Prozess des unvermeidbaren Fortschritts, die Geschichte ist nicht linear. Sie beginnt nicht mit der Genesis und geht weiter mit den Offenbarungen, an deren Ende die Stadt Gottes steht und dann alles für immer in Ordnung ist. Marxistische Ideen von der Revolution ergeben sich aus diesen christlichen Denkweisen: Die klassenlose Gesellschaft nimmt dabei die Funktion des Himmels auf Erden ein.

Es gibt zwei Arten von Religionen: zyklische und lineare. Zyklische Religionen sehen im Anfang auch das Ende, und im Ende wiederum den Anfang. Das Christentum hingegen ist linear, die Vorstellung von Geschichte ist geradlinig. Am Anfang stehen die Schöpfung und der Garten Eden, in einem noch zeitlosen Zustand. Dann beginnt mit dem Sündenfall die Geschichte, an deren Ende die Rückkehr des Propheten steht, woraufhin Jerusalem wiederaufersteht und alles auf immer und ewig in Butter ist. *The End.* Der Marxismus zieht daraus die Vorstellung, man müsse am Ende der Welt viel Blut vergießen, um die Menschheit zu reinigen. Danach sind alle glücklich und froh. Nur tritt das natürlich nie ein.

Ich habe Revolutionen sehr intensiv studiert, die amerikanischen, die französischen, die russischen, aber auch die chinesischen. Revolutionäre verfolgen immer diese Denkweise, dieses biblische Denken. Alles beginnt unvermeidlich mit dem Blutbad, und dann folgt der Fortschritt. Es gibt ein Muster, dem Revolutionen folgen, aber das betrifft nur die Revolutionen, nicht die Menschheitsgeschichte an sich. Wenn man dahingegen einen Schritt zurücktritt und die menschliche Geschichte aus der Sicht eines Astronomen betrachtet, ist nichts Unvermeidbares dabei.

»Geschichte bedeutet bloß aufzuzeichnen, wer gerade an der Macht ist, oder welche intellektuelle Strömung gerade in Mode ist. Die Geschichte ist kein Prozess des unvermeidbaren Fortschritts, die Geschichte ist nicht linear.«

Was wäre denn in Ihrer Vorstellung das Ende, das Paradies auf Erden? Wie würde eine Utopie für Sie aussehen?

Die sehen doch alle gleich aus. Sie fragen mich eigentlich nach einem Urteil über diese Bilder, die man in Krankenhäusern an die Wand hängt, weil sie angeblich heilsam auf Patienten wirken. Wenn man sich die ansieht, bekommt man eine ziemlich gute Vorstellung davon, wie Menschen sich ein ideales Leben vorstellen. Sie wollen auf einer Anhöhe mit Blick auf ein Gewässer leben, aber nicht gleich daneben. Ihre bevorzugte Tageszeit ist morgens oder abends, aber nicht in der grellen Mittagssonne oder in der Dunkelheit um Mitternacht. Sie wünschen sich einen Wald hinter ihrem Haus, aber nicht zu nah dran. Im Hintergrund finden sich immer Tiere, Vögel am Himmel, oder Rehe im Wald. Warum wollen wir in einer solchen Landschaft leben?

Als wir noch Jäger waren, waren Gewässer nützlich, denn sie ziehen Tiere an. Eine erhöhte Position auf einem Hügel oder ein Anhöhe bietet besseren Schutz, man sieht seine Umgebung besser. Einen Wald in der Nähe zu haben ist aus vielen Gründen praktisch. In Wäldern finden sich Feuerholz, Heilpflanzen, Beeren und andere Nahrungsmittel, und man kann sich bei Gefahr im Wald verstecken. Wir brauchen Tiere in der Nähe, um sie als Nahrungsquelle und Arbeitskraft zu gebrauchen, aber wir wollen keine Tiere sehen, die in unser Zimmer einbrechen und uns fressen.

Die Anwesen, die sich reiche Menschen zulegen, sehen auch immer so aus. Wenn sie kaufen können, was immer sie wollen, richten sie sich ein wie in einem Krankenhausheilbild.

Sie versuchen sich herauszuwinden, indem Sie mich mit Evolutionspsychologie verwirren. Meine Frage zielt natürlich auf soziale Utopien: Wie sollten Gesellschaften idealerweise organisiert sein?

Auf der sozialen Ebene sind die Utopien alle gleich: Niemand tötet jemanden, jeder ist glücklich, alle haben genug zu essen, es gibt keine armen Menschen.

An Ihrer Stimmlage höre ich, dass Sie sich lustig machen über den Traum von einem besseren Leben!

Ach, man weiß doch, was in unserer Kultur als Utopie durchgeht. Noch nie hat sich jemand eine Utopie ausgemalt, in der es Armut gibt. In Utopien kommen fast nie Sklaven vor. Wenn es eine Schicht von Sklaven gibt, sind es glückliche Sklaven, wie in Huxleys *Schöne neue Welt* –

was natürlich in Wahrheit keine Utopie ist, sondern eine schreckliche Vorstellung davon, was die Menschheit mit sich selbst anrichten könnte. C.S. Lewis, der Autor von *Die Chroniken von Narnia*, stellte sich eine Utopie so vor, dass man nach seinem Tod noch viele Abenteuer erlebt.

Sie winden sich – ich frage nach *Ihrer* Vorstellung einer idealen Welt, nicht der eines britischen evangelikalen Extremisten.

Stimmt, in C.S. Lewis' britisch-christlicher Traumwelt wäre wohl kein Platz für die meisten Menschen dieser Welt. Für Sie und mich auch nicht, wir sind zu unartig. Ohnehin halte ich nicht viel von solchen Ideen. Es braucht doch nicht irgendeinen Utopie-Knopf, auf dem »Gesellschaft verbessern« steht, und dann haut man drauf und alles läuft wie geschmiert.

Ich habe schon ein paar Vorstellungen, was die Welt und die Menschheit brauchen – aber es wird schon schwierig genug, dieses Minimalprogramm zu erreichen. Die bessere Gesellschaft, die wir beide wohl meinen, ist eine, die es geschafft hat, den CO_2-Ausstoß zu verringern. Eine Gesellschaft, die die Ozeane nicht getötet hat. Eine Gesellschaft, in der jeder und jede, die das Talent und den Willen dazu haben, etwas zu erreichen, auch die Möglichkeiten ergreifen können, das zu tun. Eine Gesellschaft, in der man nicht dazu verdammt ist, einer sozialen Schicht anzugehören, weil man in sie hineingeboren wurde.

Das klingt doch eigentlich ganz okay für den Anfang, oder? Aber die Frage ist: Wie kommen wir da hin? Und dabei schlagen sich die Leute dann die Köpfe ein.

DIE HOHEPRIESTERIN

Dieses ökologische Minimalprogramm, wie Sie es nennen, haben Sie bereits in vielen Büchern beschrieben. Sie sprechen von *stewardship*, auf Deutsch etwa »verantwortungsvolle Verwaltung«.

Das Konzept der *stewardship* ist eigentlich ziemlich tief in unserer Kultur verwurzelt. Blöderweise scheint das etwas in Vergessenheit geraten zu sein.

In meiner *MaddAddam*-Trilogie habe ich mir vorgestellt, wie das denn heute beziehungsweise in einer etwas düsteren Zukunft in die Tat umgesetzt aussehen könnte. Auftritt: die »Gärtner Gottes«, im zweiten Band *Das Jahr der Flut*. Diese semi- oder vielleicht pseudo-christliche Sekte lebt auf den Flachdächern von Slums, die sie in Gärten verwandeln, auf denen sogar Bienenstöcke stehen. Das geschieht ja schon an vielen Orten auf der Welt, in Brooklyn ist alles voll von irgendwelchen bärtigen Dachgärtnern. Doch die Gärtner Gottes sind nicht bloß eine religiöse Sekte, sie sind viel eher eine politische Geheimorganisation. Sie leben gewaltfrei und vegetarisch. Sie wissen viel über Pilze und die Suche nach essbaren Unkräutern und nehmen eine ganzheitliche Sicht der Schöpfung ein. Sie glauben an die Gemeinschaft zwischen den Arten und an Gottes Liebe für alle Pflanzen und Tiere, inklusive des Menschen. Diese ganzheitliche Weltsicht lässt sich einfach aus der Heiligen Schrift herleiten.

Den Wunsch, die natürliche Umwelt zu schützen, begründen Sie also aus der Bibel? In vielen Ihrer Bücher und Essays scheint die Religion einen wichtigen Bezugspunkt zu bilden.

»Ich bin eine sehr strenge Agnostikerin. Das ist nicht dasselbe, wie einfach schulterzuckend zu sagen: Wen kümmert's.«

Ich bin eine sehr strenge Agnostikerin. Das ist nicht dasselbe, wie einfach schulterzuckend zu sagen: Wen kümmert's. Atheismus ist auch bloß ein Dogma. Und ich wehre mich immer gegen Dogmen. Mir geht es darum, was wir wissen können und was nicht. Ich stelle gewisse Ansprüche daran, wie bestimmt wird, was Wissen ist und was nicht.

Ich bin unter Wissenschaftlern aufgewachsen und wurde so schon sehr früh all den Verrücktheiten ausgesetzt, die im Namen der Wissenschaft vorgeschlagen werden. Wissenschaftler sind ein von Natur aus skeptischer Haufen von Menschen. Die Wissenschaft in ihrer besten Variante korrigiert sich immer selbst, weil sie ihre früheren Schlussfolgerungen immer wieder in Frage stellen muss. Darum halte ich Wissenschaft nicht für eine Religion. Sie ist ein Werkzeug zur Erforschung und Quantifizierung der physischen Welt, deswegen kann sie nur über das sprechen, was gemessen werden kann. Und wir können schlicht nicht messen, ob Gott existiert oder nicht.

Religion beschäftigt sich mit dem Glauben und damit mit dem Immateriellen. Die Objekte religiöser Überzeugungen sind nicht messbar, weil sie nicht materiell sind. Mittelalterliche Gelehrte amüsierten sich, indem sie darüber diskutierten, wie viele Engel auf der Spitze einer Nadel tanzen könnten. Diese Frage war natürlich völlig sinnlos, weil Engel immateriell sind, Nadeln aber nicht.

Wenn Sie es sinnvoll finden, in ein heißes Bad mit ein paar Lavendel-Badesalzen zu steigen, weil Sie glauben, dass Sie so mit den Meeresnymphen in Kontakt treten können – tolle Sache! Sie haben meinen Segen. Grüßen Sie die Meeresnymphen von mir. Wenn Sie nun aber versuchen, alle anderen dazu zu bringen, mit Ihnen in diese Wanne voller überhitztem parfümiertem Wasser zu steigen, dann kriegen wir Probleme, Freundchen.

»Im Hause meines Vaters gibt es viele Zimmer«, sagte Jesus. Und es gibt wirklich sehr viele verschiedene Arten von Christen. Quäker, russisch-orthodoxe Patriarchen, äthiopische Kopten, Pfingst-Evangelikale, irische Katholiken, Mormonen. Wäre ich von einem anderen Planeten hergekommen – was ich natürlich bin –, würde ich niemals auf die Idee kommen, dass das alles dieselbe Religion sein soll. Ganz zu schweigen von all den Kulturen und Kulten, die schon wieder untergegangen sind, oder denen, die gerade neu entstehen.

Schon als Teenager habe ich dieses Kaleidoskop in Toronto untersucht. Die Religion hatte meine Neugier geweckt, ich kam ja aus einem ziemlich agnostischen Wissenschaftlerhaushalt. Ich besuchte also die Gottesdienste aller Religionen, die ich damals in Toronto finden konnte. Die Baptisten singen ganz gut, die Unitarier weniger. Die Anglikaner hatten tolle Rituale. Es gibt die besten Beerdigungen bei den Anglikanern. Und ziemlich gute Knabenchöre haben sie auch. Und das waren nur die Christen! Irgendwann bin ich zu dem Schluss gekommen: Keiner kann alles gut machen.

Zu den Mysterien meiner Kindheit zählen auch diese

ganzen heidnischen Figuren und Feste, denen man einfach ein christliches Mäntelchen umgehängt hat. Wo wohnt der Weihnachtsmann wirklich? Ist der Osterhase nicht männlich? Woher kommen dann die Eier? Gibt es eine Misses Bunny an seiner Seite? Oder klaut der Osterhase die bunten Eier von psychedelischen Hühnern?

Dann Halloween! Der Höhepunkt meines Jahres, Sie wissen schon, die Geschichte mit den Besen und mir. Auch aus historischer Perspektive ist Halloween mein absoluter Favorit: Sie können suchen, bis der Teufel Sie holt, aber was Jesus zu Halloween zu sagen hatte, war rein gar nichts. Die Kirche hat sich ziemlich ins Zeug legen müssen, dieses keltische Totenfest in ein christliches zu verwandeln. Diese Strategie funktioniert bei Religionen ebenso wie im restlichen Leben auch: Wenn du sie nicht schlagen kannst, zieh sie auf deine Seite.

»Halloween! Der Höhepunkt meines Jahres,
Sie wissen schon, die Geschichte mit
den Besen und mir.«

Neben den agnostischen Eltern und den Kostproben, die Sie von den großen christlichen Strömungen genommen haben – was hat Sie noch kulturell geprägt?

Ich möchte nicht zu einer Kirche gehören, die mich als Mitglied gewinnen will. Wer würde mich überhaupt haben wollen? Ich würde doch nur Unordnung in die Gemeinde bringen. Ich stelle zu viele Fragen. Aber ich bin kulturell definitiv protestantisch geprägt. Im Kanada meiner Kindheit gab es zwei getrennte Schulsysteme, eines war protestantisch, das andere das katholisch. Wie die meisten englischsprachigen Kanadier ging ich auf eine protestantische Schule. Dort hatten wir auch Religionsunterricht, was man damals zum Beispiel in den USA nicht hatte, denn dort herrschte in dieser Zeit noch die Trennung von Kirche und Staat. Heute zwar offiziell auch noch, aber die Trennung weicht gerade im amerikanischen Schulwesen immer mehr auf. Wir hatten also ständig Bibellektüre und sangen Hymnen, wir mussten Psalmen und andere Bibelstellen auswendig lernen.

Außerdem konnte man den Kurs namens *Honors English* absolvieren, also Englische Literatur für Fortgeschrittene, ohne bibelfest zu sein. Der Kurs begann mit *Beowulf* und endete bei T. S. Eliot. Man versteht die englische Literatur aber nicht, wenn man nicht weiß, was Antinomianismus ist. Es ist quasi unmöglich, die englische Literatur vom Jahr 800 nach Christus bis zur Mitte des 20. Jahrhunderts zu durchlaufen, ohne dabei einiges über die christliche Kultur zu lernen.

Dieses Wissen über die christliche Kultur war vermutlich auch hilfreich bei der Recherche zu Ihrem Roman *Der Report der Magd*, oder?

Das Wissen, das ich in *Der Report der Magd* habe einfließen lassen, habe ich mir erst viel später angelesen, denn wir hatten in der High School die amerikanische Literatur fast ganz ausgelassen. Da fehlten mir einfach zweihundert Jahre, vom 17. bis ins 20. Jahrhundert. Wir haben mal etwas Poe angesehen, etwas Melville, etwas Hawthorne, aber das war es dann schon auch. Als ich 1961 als Doktorandin an die Harvard University kam, musste ich diese Wissenslücke sehr schnell schließen. Und erst da habe ich angefangen, über die Puritaner und ihre Theokratie in Neuengland zu lesen, und über die Hexenprozesse von Salem. Es ist sehr wichtig, die Ideen jener Zeit zu verstehen, denn diese Theokratie ist einer der Grundsteine der heutigen USA.

Praktischerweise waren einige meiner Vorfahren Puritaner. Sie wanderten vor der Amerikanischen Revolution nach Kanada aus. Ich darf also so über sie schreiben, wie ich es tue. Denn das sind meine Leute.

Sie haben *Der Report der Magd* Ihrer Urahnin Mary Webster gewidmet. War sie eine Puritanerin?

Genau, Mary Webster, auch bekannt als »die halberhängte Mary«. Es ist schwer zu sagen, ob ich wirklich mit ihr verwandt bin. Meine Großmutter hieß Webster, sie stammte von derselben Familie ab, zu der auch der erste Gouverneur von Connecticut zählt. Außerdem Noah Webster, der das amerikanische Wörterbuch der englischen Sprache verfasst hat. Wenn meine Großmutter einen rebellischen Tag hatte, erklärte sie, sie stamme von Mary Webster ab. Aber wenn sie gerade eher zur anständigen Gesellschaft gehören wollte, sagte sie, Mary Webster sei nicht mit uns verwandt. Sie wissen ja, wie das so ist mit Legenden in der Familie.

Mary wurde damals bezichtigt, eine Hexe zu sein – glücklicherweise noch vor der Massenpanik in Salem. Sie wurde also nach Boston gebracht, wo man sie vor Gericht stellte und für schuldig befand. Die Anschuldigung allein kam ja damals einem Schuldspruch gleich. Doch ihren Nachbarn im Dorf Hadley in Massachusetts war das nicht genug. Sie bildeten einen Mob und knüpften Mary auf. Das war allerdings noch bevor ein kluger Scharfrichter die Henkersmethode erfand, jemanden beim Aufhängen so fallen zu lassen, dass das Genick bricht. Sie zogen Mary einfach an einem

Baum hoch, als würden sie eine Flagge hissen. Mary baumelte die ganze Nacht dort oben herum. Als der Mob am Morgen zurückkam, um ihren Körper abzuhängen, merkten sie, dass Mary noch lebte.

Was daran christlich sein soll, ist mir schleierhaft.

Nun, die Kirchen seiner Nachbarn in Brand zu stecken, scheint sich auch mit dem Gebot der Nächstenliebe zu beißen, aber trotzdem nennt sich der Ku-Klux-Klan christlich. Die Liebe ist doch eigentlich der Kern des Christentums. Das war die Schlüssellehre seines Gründers: Liebe deinen Nächsten wie dich selbst. Dazu kommen noch die Vergebung der Sünden und die Wiedergeburt im Geiste. Doch viele angebliche Christen scheren sich keinen Deut um diese Lehren.

Gilead, die theokratische Diktatur, die in *Der Report der Magd* die Herrschaft über die USA übernommen hat, befolgt keine dieser Lehren. Stattdessen benutzt sie die Religion als Waffe, um die Menschen zu unterwerfen, als einen Hammer, um sie zu kleinzuschlagen, wie es im Namen einer Religion schon so oft zuvor in vielen verschiedenen Kontexten geschehen ist.

Diejenigen, die sich streng an diesen uralten Text, die Bibel, halten wollen, benutzen ihn oft, um ihren Willen durchzusetzen. Sie haben keine Zeit für private Glaubensausübung oder Mystisches. Gilead ist ein Regime von humorlosen Faschisten, die alles wortwörtlich nehmen. Es führt natürlich zu einigen absurden Ergebnissen, wenn man eine ganze Gesellschaft an einem Text ausrichtet, der voller Metaphern und Widersprüchlichkeiten steckt. Da hilft Rosinenpickerei nicht weiter, dann muss eben verboten werden, dass man mehr als eine Sorte Textil am Körper trägt. Ist die Mütze aus Baumwolle? Dann muss jedes andere Kleidungsstück, das man diesem Tag trägt, auch aus Baumwolle sein.

Das Erschreckende an Gilead ist ja, dass diese Gesellschaft trotz all ihrer Absurditäten so wirklichkeitsnah wirkt. *Der Report der Magd* liest sich nicht wie ein Science-Fiction-Roman, sondern wie ein historischer Roman aus der Zukunft.

Meine Grundregel für dieses Buch war, dass ich nichts hineinstecken würde, was nicht irgendwann einmal, irgendwann und an irgendeinem Ort, von Menschen getan worden wäre. Es gibt nichts in dem Buch, was unsere Neigung zur Gewalt und Grausamkeit übersteigt. Wir haben natürlich noch viel schrecklichere Dinge getan, aber alle Grausamkeiten der menschlichen Geschichte konnte und wollte ich nicht in einem Buch versammeln.

Die menschliche Vorstellungskraft ist eine wunderbare Sache, wenn ihre Ziele positiv sind. Doch sie ist ein furchtbares Werkzeug, wenn man sie für Böses einsetzt. Massenvernichtungswaffen wachsen nicht auf Bäumen. Sie sind in der Welt, weil wir sie erfunden haben.

> *»Massenvernichtungswaffen wachsen nicht auf Bäumen. Sie sind in der Welt, weil wir sie erfunden haben.«*

Liegt das Grauen von Gilead im Christentum begründet?

Das Christentum kennt eine Geschichte der Gewalt und der Kriege, in denen wegen scheinbar kleiner Unterschiede in der religiösen Lehre eine große Anzahl an Glaubensgenossen abgeschlachtet wurde. Und Christen haben auch sehr viele Angehörige anderer Religionen massakriert und dann deren Kultur und Religion unterdrückt, darüber muss man sich gerade in Kanada sehr bewusst sein. Allerdings haben Christen diese Dinge nicht getan, weil sie Christen waren. Sie haben es getan, weil sie Menschen waren.

Sie werden selbst wissen, dass auch Atheisten sehr erfolgreiche Schlächter waren. Man muss nur an den Terror während der Französischen Revolution denken, oder an die Massaker in Kambodscha unter Pol Pot.

Warum haben Sie dann eine derart explizit christliche Diktatur erfunden?

Die Ausgangsfrage, die ich mir gestellt habe, als ich anfing an *Der Report der Magd* zu arbeiten, war: Wie würde Amerika aussehen, wenn das Land sich in eine totalitäre Diktatur verwandeln würde? In Amerika würde keine atheistische Diktatur entstehen wie diejenige von Stalin. Sie wäre auch nicht islamistisch fundiert. Wenn man in den USA eine totalitäre Diktatur errichten wollte, müsste man auf das Fundament Amerikas zurückgreifen: auf die Theokratie der Puritaner. Dieses Regime wäre sexfeindlich, prüde und würde Frauen und sexuelle Minderheiten unterdrücken. Wie alle Diktaturen würde es innere Rivalen ausmerzen, also Katholiken, Quäker und auch Juden umbringen oder vertreiben. Das haben die echten Puritaner auch versucht.

Glauben Sie, dass eine solche Kultur der Ausgrenzung in den USA stärker verankert ist als in Kanada?

O ja. Kanada war schon immer mehrsprachig und multikulturell. Hier gab es nie eine einheitliche Kultur. Der Schmelztiegel – die Idee, dass verschiedene Kulturen zu einer einheitlichen nationalen Kultur verschmelzen – ist zwar eine mächtige Metapher der USA, aber auf der anderen Seite der Medaille steht der Spruch: Englisch war gut genug für Gott, also ist es es auch für Amerika. In den USA gibt es die fixe Idee, dass jeder Englisch sprechen sollte. Und es gibt eine lange Geschichte der Feindseligkeit gegenüber dem Katholizismus und sogar gegenüber dem Judentum.

Diese Idee von einer einheitlichen amerikanischen Erzählung, dieses nationale Narrativ von der *melting pot*-Kultur, ist nur deswegen einheitlich, weil man immer eine Seite weglässt, um das Bild nicht zu verkomplizieren.

Sie haben einmal geschrieben, die Geisteskrankheit der Vereinigten Staaten sei der Größenwahn, und die Kanadas die paranoide Schizophrenie.

Die amerikanische Vorstellung von Freiheit und dem Streben nach Glück unterscheidet sich stark vom kanadischen Ideal von friedlicher Ordnung und solider Verwaltungsarbeit.

In Kanada haben wir zum Beispiel immer Angst, dass jemand kommt, um uns etwas Böses anzutun. Die typische kanadische Reaktion auf etwas Negatives ist aber: Das hätte noch viel schlimmer kommen können.

Mein Freund, der amerikanische Schriftsteller E. L. Doctorow, gab einmal eine Lesung in Toronto. Danach sagte er mir ganz niedergeschlagen: »Die Leute mögen mein Buch nicht.« Ich antwortete ihm: »Nein, sie lieben dein Buch!« Ich musste ihm den Unterschied erklären. Amerikaner sagen: »Phantastisch! Das Beste seit der Erfindung des geschnittenen Brotes! Niemals wird es etwas besseres geben als das!« Das kanadische Äquivalent dazu ist: »Nicht schlecht.« Kanadier spielen Dinge eher herunter, als sie zu übertreiben.

Ein gewisser Pessimismus zieht sich auch durch Ihre Werke. Kommt das vielleicht daher, dass Sie Kanadierin sind?

Ich bin keine Pessimistin, ich bin Realistin. Aber natürlich behaupten alle echten Pessimisten, dass sie in Wahrheit Realisten sind. Ein Pessimist würde jedoch immer ein schlechtes Ergebnis erwarten. Aber ich glaube noch an ein Happy End.

Was zeichnet Sie denn als Kanadierin aus?

Kommen Sie, beugen Sie sich zu mir über den Tisch, niemand soll das hören. *(Sie senkt ihre Stimme und setzt ein bedeutungsvolles Gesicht auf:)* Ich verrate Ihnen ein Geheimnis: In Wahrheit bin ich gar keine Kanadierin. Meine Vorfahren stammen von einem fernen Planeten.

»Ich verrate Ihnen ein Geheimnis: In Wahrheit bin ich gar keine Kanadierin. Meine Vorfahren stammen von einem fernen Planeten.«

(Lacht.) **Mit dieser Offenbarung werde ich einen Coup landen!**

Mit todernstem Gesicht schamlos Lügen zu erzählen ist eine kulturelle Eigenart von Menschen aus den kanadischen

Atlantikprovinzen. Wir sind wirklich etwas frech. Aber natürlich offenbaren wir immer, dass wir gelogen haben. Zumindest tue ich das. Ich gestehe immer, wenn ich Sie dazu gebracht habe, meine Lügengeschichten zu glauben. Ich betrachte das nicht als Eingeständnis meiner Schuld – wenn ich wirklich so tugendhaft wäre, mich zu schämen, würde ich gar nicht erst lügen. Nein, ich gestehe aus selbstsüchtigem Narzissmus. Ich gestehe, damit meine Intelligenz und mein Witz anerkannt werden.

AUS DEM WALD HINAUSFINDEN

Sie stammen also aus einer Familie von Wissenschaftlern. Woher kamen Ihre Eltern?

Mein Vater ist in den Wäldern von Nova Scotia, einer der Seeprovinzen Kanadas an der Atlantikküste, aufgewachsen, in einem Dorf, in dem es bis 1960 keinen elektrischen Strom gab. Er war also wirklich ein Hinterwäldler. Er lebte dort auf einem winzigen Bauernhof mitten im Wald. So aufzuwachsen hieß, dass er alle Fähigkeiten lernte, die man in einer solchen Umgebung braucht: Er konnte jagen, fischen, wusste, wie man mit einer Axt umgeht, wie man eine Blockhütte baut und ein Dach repariert. Da draußen konnte das jeder, denn es gab niemanden, den man anrufen und um Hilfe bitten konnte. Dein Dach ist kaputt? Blöd gelaufen, da musst du selbst raufklettern.

Meine Mutter war auch aus Nova Scotia. Sie wuchs zwar nicht im Wald auf, aber auch sie kam aus einem sehr kleinen Dorf. Ihr Vater war der Dorfarzt. Das klingt bürgerlicher als es tatsächlich war. Mein Großvater mütterlicherseits hatte sich mit bitterster Sparsamkeit durchs Studium gebracht. Keine dieser Leute waren reich. Damals war eigentlich überhaupt niemand reich – heute ist es schwer vorstellbar, wie arm die meisten Menschen waren, wenn man das mit dem westlichen Lebensstandard von heute vergleicht. In den USA gab es zwar sehr reiche Familien, und in Kanada gab es einige Industrielle und Tycoons, aber meine Familie gehörte definitiv nicht dazu.

Meine Mutter machte einen Abschluss als Hauswirtin. Damals präsentierte sich diese Lehre als eine Art Wissenschaft. Man sollte sogar Chemie lernen, um zu verstehen, warum zu viel Eis fett macht oder warum Hefe Teig aufgehen lässt. Ich denke, meine Mutter wurde aus einem sehr pragmatischen Grund Hauswirtin: weil man so einen Job fand. Sie wuchs schließlich während der Great Depression auf.

> *»Normal School. Dieser Name hat mich*
> *immer fasziniert: eine Schule,*
> *in der man lernt, normal zu sein. Hurra,*
> *lasst uns alle hingehen! Endlich normal!«*

Und wie sind Ihre Eltern sich begegnet?

Sie lernten sich in der Schule kennen. Auf der Landkarte von Nova Scotia findet man eine Stadt namens Truro. Dort gab es eine Schule, die *Normal School*. Dieser Name hat mich immer fasziniert: eine Schule, in der man lernt, normal zu sein. Hurra, lasst uns alle hingehen! Endlich normal! Dabei hießen damals Schulen so, die eigentlich High Schools waren, aber man erhielt nicht nur sein Diplom, sondern konnte danach gleich als Lehrer arbeiten. Mein Vater ging auf die Normal School, um Grundschullehrer zu werden, viele Jugendliche taten das damals.

Es war die Zeit, als die Alphabetisierung endlich die ganze Bevölkerung erreicht hatte. Die Regierung trieb die Alphabetisierung natürlich nicht deshalb voran, damit die Menschen ein besseres Leben führen konnten, damit sie die Welt besser verstanden, wenn sie Zeitungen lasen, oder sich selbst, wenn sie Romane lasen – sondern weil der Markt verlangte, dass die Menschen in der Lage waren, zu lesen und zu schreiben und grundlegende mathematische Berechnungen anzustellen.

Meine Eltern trafen sich also an der Normal School in Truro. Dort gibt es eine große Treppe mit einem dieser schönen alten Geländer. Meine Mutter war ein Tomboy, sie verhielt sich nicht besonders mädchenhaft, wie man das damals verlangte. Entgegen der Gepflogenheiten rutschte sie dieses große Geländer herunter, mein Vater sah sie dabei und sagte sich: Das ist die Frau, die ich einmal heiraten werde. So erzählt man sich das in unserer Familie.

Mein Vater mochte Tomboys, er war schließlich ein Mann aus dem Wald, er wollte raus in die Natur, wenn er etwas unternehmen wollte. Er hätte sicherlich keine Frau geheiratet, die sich für Rüschen, Kleider und Shopping interessierte. Zum Glück scherte sich meine Mutter keinen Deut um Rüschen. Sie war ja auch in einem kleinen Dorf aufgewachsen, sie ritt Pferde und ging auf zugefrorenen Seen eislaufen. Aber Kanu fahren konnte sie noch nicht, das hat ihr erst mein Vater beigebracht. Auch tanzen musste er ihr beibringen, denn mein Großvater war ziemlich streng. Der alte Landarzt wollte nicht, dass seine Tochter tanzen geht. Meine Eltern verbrachten dann auch ihre Flitterwochen in einem Kanu. Sie paddelten den Saint Johns River in New Brunswick runter und schliefen in Scheunen.

Sie sind selbst sehr gerne an der frischen Luft. Jedes Mal, wenn ich versuche, Sie zu erreichen, bekomme ich eine E-Mail, Sie seien an einem schwer erreichbaren Ort irgendwo auf der Welt, und ein paar Wochen später schreiben Sie mir dann, Sie seien auf hoher See, in der Arktis wandern oder im Urwald Kanadas campen gewesen. Ihr Vater war Entomologe, Insektenforscher, und erforsch-

te im nördlichen Quebec die Insektenwelt des Waldes. Sie sind also selbst auch im Wald aufgewachsen, und es scheint, als würde man Sie dort auch nicht so richtig herausbekommen.

Es war unvermeidlich, dass ich so werden würde. Bis ich zwölf Jahre alt war, besuchte ich nur im Winter die Schule, denn dann kamen wir in die Stadt zurück. Danach verlängerten sich meine Aufenthalte in der Stadt immer mehr, bis ich als Teenager das ganze Jahr über die High School besuchte.

Als ich noch klein war, war die Stadt für mich, das Waldkind, ein seltsamer Ort. Ich fand zum Beispiel Toiletten mit Spülung beängstigend. Da verschwinden Dinge, und du weißt nicht, wohin sie gegangen sind. Auch Staubsauger fand ich gruselig, ständig verschwindet irgendetwas im Staubsauger. Ich wollte immer wissen, wo die Dinge hin sind. Auch heute noch will ich bei allem verstehen, woher es kommt und wohin es geht.

Wenn Sie ein Waldkind sind, können Sie mir also Überlebenstipps für die Wildnis geben? Wie finde ich aus dem Wald hinaus, wenn ich mich verlaufen habe?

Nein, das kann ich nicht.

Ich dachte, Sie wüssten, wie man sich im Wald orientiert.

Ich weiß, wie man wieder aus dem Wald hinausfindet, wenn man sich verlaufen hat. Aber ich kann Ihnen das nicht beibringen. Haben Sie sich denn jemals in einem Wald verirrt? Ich meine in einem richtigen Wald, nicht einem dieser gepflegten Parks, die in Europa als Wald durchgehen.

Glücklicherweise nicht.

Also würden Sie nichts von dem verstehen, was ich Ihnen darüber sagen könnte. Mir fällt dazu folgende Geschichte ein, die ich mit meinem deutschen Freund Arnulf Conradi erlebt habe, der früher beim Berlin Verlag arbeitete.

Arnulf sagte mir, er wolle mit seinen zwei Söhnen, elf und dreizehn Jahre alt, in die kanadische Wildnis fahren und dort eine zweiwöchige Kanutour machen. Er fragte mich, wo er denn am besten hinfahren solle, wo es die schönsten Flüsse gebe, wo man Kanus mieten könne und solche Dinge. Ich sah ihn nur an und fragte: »Arnulf, warst du schon mal in der kanadischen Wildnis?« Er antwortete, er sei noch nie in der kanadischen Wildnis gewesen. Dann fragte ich ihn: »Arnulf, saßt du schon mal in einem Kanu?« Er antwortete, er sei noch nie Kanu gefahren. Dann sagte ich: »Arnulf, das ist ein furchtbare Idee, tue es nicht. Du wirst sterben. Und wenn du nicht stirbst, werden deine Kinder nie wieder ein Wort mit dir sprechen.«

Aber ich wollte seinen Urlaub retten. Also schlug ich ihm vor: »Fahrt in die Killarney Lodge im Algonquin Park nördlich von Toronto. Dort gibt es hübsche Blockhütten. In diesen hübschen Blockhütten könnt ihr auf bequemen Matratzen schlafen. Die hübschen Blockhütten haben eine Veranda, die mit einem Fliegengitter umgeben ist, damit die Moskitos und all die anderen Mücken nicht reinkommen und euer Leben zerstören. Die Killarney Lodge hat ein eigenes kleines Dock mit eigenen Kanus, wo man direkt neben eurer hübschen Blockhütte Kanu fahren üben kann. Man bekommt drei warme Mahlzeiten am Tag, und sie packen euch sogar ein Picknick-Lunchpaket, wenn ihr einen kleinen Ausflug machen wollt. Und ich komme höchstpersönlich hochgefahren, um euch beizubringen, wie man mit dem Kanu die Richtung wechselt.« Das ist ziemlich schwierig, weil man dazu hinten im Bug des Kanus sitzen muss, um es vorne leicht anzuheben. Wenn man nicht weiß, wie man ein Kanu wendet, kann man es nicht dazu bringen, dorthin zu fahren, wo man hin will. Also fuhr ich rauf und brachte Arnulf die Grundzüge des Kanufahrens bei. Ich sagte ihm: »Du wirst zwei Wochen lang eine schöne Zeit in der Lodge haben, und dann in den letzten drei Tagen, wenn du willst, kannst du zu einem Ausrüster gehen und eine dreitägige Kanutour machen. Denn dann wirst du zumindest darauf vorbereitet sein.«

Als er und seine Söhne nach Toronto zurückkamen, fragte ich ihn: »Arnulf, wie ist es gelaufen?« Er antwortete: »Wir hatten eine großartige Zeit in der Lodge. Wir haben wilde Tiere gesehen, wir sind Kanu gefahren, wir waren im See schwimmen, es gab leckeres Essen und alle waren nett zu uns. Wir hatten eine wunderbare Zeit – und dann gingen wir auf die dreitägige Kanutour.« »Und?«, fragte ich, »Wie ist es gelaufen, Arnulf?« »Margaret«, antwortete er, »wir sind fast gestorben.« Sie hatten die ganze Zeit Gegenwind. Und an einer Stelle mussten sie das Kanu aus dem Fluss nehmen und an Land tragen, um eine Stromschnelle zu umgehen und das nächste Gewässer zu erreichen. Das kann ziemlich hart sein. Dann wird man noch von Moskitos und anderen Mücken überfallen. Nun, wie auch immer, sie haben es überlebt. Es war knapp, aber sie haben überlebt.

Sie sehen also, der wichtigste Tipp, den ich Ihnen geben kann, um Ihnen zu helfen, wieder aus einem Wald hinauszufinden, in dem Sie sich verlaufen haben, ist: gar nicht erst in den Wald zu gehen. Und wenn Sie schon in den Wald müssen: Verirren Sie sich nicht darin.

»Der wichtigste Tipp, den ich Ihnen geben kann, um Ihnen zu helfen, wieder aus einem Wald hinauszufinden, in dem Sie sich verlaufen haben, ist: gar nicht erst in den Wald zu gehen.«

Nehmen wir an, ich habe Ihre wertvollen Anweisungen über Bord geworfen und stehe jetzt trotzdem verloren in einem Wald. Wie komme ich wieder heraus?

Selbst schuld, wenn Sie nicht auf mich hören. Aber gut: Um was für eine Art Wald handelt es sich?

Um einen Wald auf der Nordhalbkugel?

Sie sind ja eine große Hilfe. Die Nordhalbkugel ist riesig! Warum wissen Sie nicht, wo Sie sind? Irgendwie sind Sie doch in diesen Wald hineingeraten. Wurden Sie etwa entführt und mit einem Sack über dem Kopf aus einem Flugzeug gestoßen?

Ja, in diesem Gedankenexperiment bin ich ein Geheimagent und bin mit einem Fallschirm über einem Wald abgesprungen. Sagen wir: dort, wo Sie aufgewachsen sind.

Für die Sicherheit Ihres Heimatlandes hoffe ich schwer, dass Sie als Geheimagent nicht die Hilfe einer alten kanadischen Schriftstellerin brauchen, um in der Wildnis zu überleben! Aber okay, wo ich aufgewachsen bin, gibt es viel Wasser, es gibt viele Seen und Flüsse. Wenn man in dieser Art Landschaft bergab geht, trifft man immer auf Wasser. Wenn man ein Gewässer findet, kann man sich orientieren. Man gewinnt eine Vorstellung davon, wo man sich befindet. Und vielleicht schafft man es, ein vorbeifahrendes Motorboot heranzuwinken. Auf jeden Fall müssen Sie auf Ihre Lage aufmerksam machen. Der einfachste Weg, in so einem Wald Aufmerksamkeit zu erregen, ist, ein Feuer zu machen. Da kommen die Förster sofort. Falls Sie vom Ufer aus eine kleine Insel sehen, ist es noch besser, auf die kleine Insel rüberzuschwimmen und dort das Feuer zu machen, denn dort setzt man wenigstens nicht den ganzen Wald in Brand, sondern erzeugt nur genug Rauch, damit man Sie finden kann.

Das setzt voraus, dass ich weiß, wie man ein Feuer macht.

Was, hat man Ihnen keine Streichhölzer mitgegeben, als man Sie aus dem Flugzeug geworfen hat? Nehmen wir an, Sie seien zum Zelten im Wald. Dann hätten Sie mindestens einen Grillanzünder oder einige Streichhölzer in einem wasserdichten Streichholzbehälter dabei.

Wenn Sie all diese Dinge wissen wollen, verweise ich Sie auf eine wunderbare Fernsehserie von Les Stroud, genannt *Survivorman*. Für die Serie versetzt er sich in die verschiedensten vertrackten Situationen und erzählt dann, wie man sich warm hält, wie man herausfindet, wo man gerade ist, was man essen soll und was nicht. Er ist eine Goldmine der Überlebenstipps. Aber diese ganzen Informationen sind auch sehr ortsspezifisch. Ich kann Ihnen dieses und jenes erzählen, aber gehen Sie fünfhundert Meilen in eine andere Richtung, und es wird Ihnen nicht mehr helfen, was ich Ihnen gesagt habe, weil die natürlichen Bedingungen dort völlig anders sind.

Selbstverständlich ist das alles trotzdem ganz nützlich, auch wenn Sie von Ihrem urbanen Lebensstil fest überzeugt sind. Sehen Sie sich nur die Nachrichten an. Die Klimakatastrophe wird dieses Wissen auch für Sie wertvoller machen. Nehmen wir an, Sie sitzen in Ihrer gemütlichen Stadt, aber ein Hurrikan rast auf Sie zu und der Strom fällt aus. Einige dieser Tipps könnten da ganz hilfreich sein.

Was Sie grundsätzlich brauchen, sind die Dinge, die Menschen immer benötigen: frisches Trinkwasser, das Sie nicht umbringt, einen Ort, an dem Sie es warm haben und vor all den Gefahren geschützt sind, die so kommen mögen.

Welche Gefahr auf Sie zukommt, hängt dann natürlich davon ab, wo Sie sich gerade befinden. Schwarzbär-, Grizzlybär- oder Eisbärrevier? Eisbären sind am gefährlichsten. Sie haben keine Angst vor Menschen. Und sie können unter Wasser schwimmen. Wenn man also am Ufer entlang geht, könnten sich da unter der Wasseroberfläche diese Tierchen mit ihren kleinen schwarzen Nasen verstecken.

DIE ESSBARE FRAU

Ihr Hauptinteresse als Autorin gilt nun aber nicht Tieren, sondern Menschen – insbesondere Frauenfiguren. Deshalb möchte ich auf Ihr schriftstellerisches Werk und seine feministische Rezeption zurückkommen. Ihr erster Roman, *Die essbare Frau* von 1969, wurde oft als feministisches Meisterwerk bezeichnet. In einem Interview im australischen Fernsehen haben Sie allerdings die Moderatorin korrigiert, als sie Ihr Buch so nannte. Sie sagten dazu, das Buch sei nur in dem Sinne feministisch, als darin Frauen vorkämen. Warum wehren Sie sich so gegen das Label der feministischen Autorin?

»Bei mir kommt nicht zuerst die Theorie, dann die Verkörperung der Theorie. Meine Arbeit kommt von unten, aus dem Schlamm, sie wächst aus der Erde.«

In den Sechziger- und Siebzigerjahren gab es so wenige Bücher, in denen Frauen eine zentrale Rolle einnahmen, dass alles, was eine weibliche Perspektive enthielt, sofort von Neofeministinnen gelesen wurde. Aber ich hatte keine Theorie im Gepäck, kein Programm, ich nähere mich nicht von der theoretischen Seite an etwas an. Bei mir kommt nicht zuerst die Theorie, dann die Verkörperung der Theorie. Meine Arbeit kommt von unten, aus dem Schlamm, sie wächst aus der Erde. Ich arbeite nicht von oben nach unten. *Die essbare Frau* habe ich bereits 1964 geschrieben, also noch bevor die Zweite Welle des Feminismus wirklich ins Rollen kam. In den frühen Sechzigerjahren gärte die Bewegung zwar schon, aber vielleicht in New York, nicht bei mir in Kanada.

Ich mag keine Labels, weil sie so oft missbraucht werden. Wenn irgendwo Vollkornhaferflocken draufsteht, will ich, dass in der Schachtel auch Vollkornhaferflocken drin sind, keine Mäuse.

> *»Ich mag das Label ›feministisch‹ nicht, weil es so allgemein ist. Man kann nicht einfach ›Baum‹ sagen, man muss sagen, welche Art Baum man meint.«*

Haben Sie schon oft Mäuse in Ihren Vollkornhaferflocken gefunden?

Ziemlich oft! Wenn man im Wald lebt und seine Cornflakes draußen stehen lässt, zieht man Mäuse an. Sie sind ziemlich putzig, aber es sind Mäuse.

Ich mag das Label »feministisch« nicht, weil es so allgemein ist. Man kann nicht einfach »Baum« sagen, man muss sagen, welche Art Baum man meint. Wenn man online die Arten des Feminismus recherchiert, gibt es mindestens fünfzig. Von welcher spezifischen Art Feminismus sprechen wir also? Wenn man sagt: »Wir sind für die Rechte der Frauen!«, dann ist das *sehr* allgemein. Nur sehr wenige Menschen auf der Welt würden heute sagen, dass sie keine Rechte für Frauen befürworten. Selbst ein orthodoxer Jude, gläubiger Muslim oder evangelikaler Christ würde sagen, dass Frauen selbstverständlich bestimmte Rechte haben. Niemand sagt, dass Frauen kein Recht auf gar nichts haben. In keiner Gesellschaft haben sie Anspruch auf nichts, denn dann würde die Menschheit aussterben.

Dann vielleicht so gefragt: Welcher der fünfzig Arten fühlen Sie sich am nächsten?

Nun, lassen Sie uns die fünfzig Arten zusammensuchen und einen Multiple-Choice-Fragebogen damit machen, um zu sehen, ob ich zu einer von ihnen passe. Glauben Sie mir, bei einer Lesung kann ich in einem vollen Saal jeden dazu bringen, sich als irgendeine Art Feministin zu identifizieren.

Aber es hat keinen Sinn, das zu tun, ich plane ja nicht, eine Bewegung zu starten, die sich an irgendwelchen Selbstbezeichnungen aufhängt. Ich unterstütze lieber kleinere Projekte, wenn ich mit der Agenda einverstanden bin. Im Moment unterstütze ich zum Beispiel ein Projekt namens AFTERMETOO. Die kanadische Organisation bietet sofortige Beratung nach einem sexuellen Übergriff. Da herrscht ein großer Mangel an sicherer Berichterstattung und sauberer Untersuchung durch unabhängige Dritte. Jemand muss dafür sorgen, dass diese Prozesse verbessert werden, denn unser Justizwesen muss besser darin werden, auf sexuelle Gewalt zu reagieren.

Aber bloß weil die Justiz nicht ideal funktioniert, heißt das nicht, dass man das ganze System einfach abschaffen sollte. So entsteht Lynchjustiz – und aus der Geschichte wissen wir, wie das endet.

Das ist ein ziemlich großer Sprung von einem schwammigen Feminismus-Begriff zur Lynchjustiz. Glauben Sie denn, dass gerade Gefahr besteht, dass sich Lynchmobs formieren?

Die #MeToo-Bewegung ist Symptom einer nicht funktionierenden Justiz. Opfer von sexueller Gewalt wurden so lange von staatlichen Institutionen und Unternehmen ignoriert, dass sie in jüngster Zeit auf ein neues Instrument ausgewichen sind: das Internet. Und plötzlich fallen die Sterne vom Himmel. Der öffentliche Aufschrei im Netz ist sehr effektiv, das ist ein längst überfälliger Weckruf.

Aber was nun? Nachvollziehbare temporäre Selbstjustiz kann sich in eine kulturell verfestigte Gewohnheit verwandeln, in der außerrechtliche Machtstrukturen geschaffen und aufrechterhalten werden. Wir stehen vor einem Scheideweg: Unsere Rechtsinstitutionen, unsere Unternehmen und Arbeitgeber können klar Schiff machen; oder wir werfen alle Sicherheit über Bord und manövrieren uns weiter da durch mit einer Mentalität der öffentlichen Bloßstellung, die immer wieder Einzelne angreift – von denen viele Dreck am Stecken haben, viele aber auch nicht. Wenn das Rechtswesen umgangen wird, weil es ineffizient und langsam scheint, was wird dann an seine Stelle treten? Wer kommt dann an die Macht?

»#MeToo ist die Rückkehr des Verdrängten. Wir haben so viele Dinge viel zu lange runtergeschluckt, immer wieder Probleme und Diskussionen weggedrückt.«

Die #MeToo-Bewegung hat einen längst überfälligen Wandel in der öffentlichen Meinung herbeigeführt. Die Frage ist eben, ob diese Probleme über eine Veränderung der medialen Wahrnehmung gelöst werden können.

#MeToo ist die Rückkehr des Verdrängten. Wir haben so viele Dinge viel zu lange runtergeschluckt, immer wieder Probleme und Diskussionen weggedrückt. Jetzt gab es einen winzigen Riss in der Mauer, und der Damm ist gebrochen. War ja klar, dass das so kommt.

Die Feministinnen der Sechziger- und Siebzigerjahre haben sich vieles erkämpft, sie haben Fortschritte in der Gesetzgebung durchgesetzt und viele gesellschaftliche Bereiche erobert, die Frauen davor verwehrt waren. Sie haben tatsächlich das Ruder herumgerissen. Aber der Kampf um die rein rechtliche Gleichstellung war nur in manchen Bereichen erfolgreich, und viele andere Lebensbereiche waren damals nicht im Blickfeld der feministischen Aktivitäten. Irgendwann war die Bewegung einfach vom Kampf erschöpft. Und zwar nicht nur vom Kampf für mehr Rechte und gegen die Unterdrückung und den erbitterten Widerstand auf die Forderungen: Heute kann man sagen, dass vor allem die inneren Streitereien dem Feminismus der sogenannten Zweiten Welle den Garaus machten.

Die Achtzigerjahre waren dann die Zeit eines schrecklichen *pushback*. Zu diesem Zeitpunkt habe ich *Der Report der Magd* geschrieben. Ich konnte live zusehen, wie die Gegenrevolution vor meiner Tür tobte. In einem gewissen Sinne ist das normal, es gibt die Phase des Aufstandes, dann beruhigen sich die Dinge wieder, oder es kommt zu einer Gegenbewegung. Junge Frauen in den Achtziger- und Neunzigerjahren wendeten sich abgeschreckt vom Feminismus ab. Die Feministinnen der Sechziger- und Siebzigerjahre waren ihre Mütter. In *Der Report der Magd* ist die Protagonistin Offred selbst ja nicht feministisch aktiv, ihre Mutter war die Radikale, wie man aus Offreds Erinnerungen lernt.

Den Frauen der Neunzigerjahre wurde gesagt: Alle Probleme sind gelöst, alles ist in bester Ordnung. Aber nichts war in Ordnung. An der Oberfläche war die rechtliche Gleichstellung erreicht, Frauen hatten ihre eigenen Bankkonten, gingen arbeiten, angeblich konnten sie alles erreichen – wenn sie es nur wollten. Doch unter dieser Oberfläche waren noch immer dieselben alten Verhaltensmuster wirksam. Die sexuellen Übergriffe, die schmierigen Witze, die schlechtere Stellung am Arbeitsplatz, die niedrigeren Löhne und so weiter, das kennen wir ja alles zur Genüge.

Wenn einem aber ständig gesagt wird, dass die Realität, die man jeden Tag erlebt, in Wahrheit ganz anders ist, dass alle Probleme, denen man ständig begegnet, bloß Einbildung sind, weil der Feminismus ja gewonnen hat, wird man doch irre. Sexuelle Belästigung, Verharmlosung von Gewalt, all diese Dinge passieren immer noch, aber den Frauen wurde gesagt, dass das alles schon nicht so schlimm sei. Weil der Feminismus sein Ziel erreicht habe.

Ich habe das nie geglaubt. Jedes Mal, wenn jemand sagte, die schlimmen Zeiten seien vorbei, habe ich geantwortet, dass das schlicht nicht wahr ist. Und schon gar nicht in anderen Teilen der Welt! Wir sprechen hier gerade von gebildeten, wohlhabenden weißen Frauen, das ist eine sehr spezifische Schicht, die vor vielem geschützt ist. Das illustriert zum Beispiel der Fall Kavanaugh: Bei der Anklägerin handelt es sich um eine gebildete, wohlhabende weiße Frau, der es eigentlich sehr gut geht. Aber diese Privilegien haben ihr nicht geholfen, sie wurde ja offenbar trotzdem als Jugendliche Opfer von sexueller Gewalt. Aber damals sollte man darüber nicht sprechen, es besser nicht erwähnen. Nach dem Motto: Es ist nicht wahr, es existiert nicht, es passiert nicht.

Sie sprechen von der US-amerikanischen Psychologieprofessorin Christine Blasey Ford, die kürzlich vor dem US-Senat Brett Kavanaugh mit dem Vorwurf einer versuchten Vergewaltigung belastet hat, die 1982 stattgefunden haben soll. Gegen den Republikaner Kavanaugh, den Donald Trump im Juli diesen Jahres als Richter am Obersten Gerichtshof nominiert hatte, wurden im Zuge des Prüfungsverfahrens zu seiner Ernennung Vorwürfe erhoben, er habe mehrere Frauen sexuell belästigt, was zu heftigen gesellschaftlichen und politischen Kontroversen führte. Trump selbst hat Ford öffentlich verspottet und ihre Glaubwürdigkeit in Frage gestellt – und am Ende gab es trotz des medialen Aufschreis keine juristischen Konsequenzen für Kavanaugh: Er wurde durch den Senat in seinem Amt am Obersten Gerichtshof bestätigt.

Plötzlich erscheint es so, als könnten soziale Errungenschaften wieder verschwinden, die junge Frauen vor fünf Jahren noch als selbstverständlich betrachteten. Als Trump gewählt wurde, haben wir diesen Punkt erreicht. Aber alles wird irgendwann ans Tageslicht kommen, weil sich zur Zeit so viel Druck aufbaut. Trump ist nicht der Auslöser davon, aber der Kristallisationspunkt. Seinetwegen merken viele junge Frauen, was für ein Backlash schon seit den Achtzigerjahren im Gange ist. Und nun wenden sie sich der feministischen Bewegung zu.

Sind jüngere Frauen wirklich erst seit Trump wieder so aktiv? Es gab doch auch den *Third-Wave*-Feminismus in den Neunzigerjahren, die Riot-Grrrl-Bewegung, und heute spricht man von einer neuen Vierten Welle. Selbst die Sängerin Beyoncé tanzt bei ihren Konzerten vor einem riesigen Neonschild, auf dem grell das Wort FEMINISM blinkt.

Nun, man kann die Sache auch so weit verwässern, dass niemand mehr weiß, wovon du eigentlich redest. Deshalb versuche ich, so exakt wie möglich zu sein. Soll ich an einer Demo teilnehmen und eine Flagge schwenken? Was ist denn die Flagge des Feminismus? Beyoncé ist doch super, soll sie doch ihr Ding machen. Aber eine Prise Feminismus in die Popkultur zu streuen bedeutet nicht, dass wir auch nur *ein* Ziel erreicht haben.

> *»Beyoncé ist doch super, soll sie doch ihr Ding machen. Aber eine Prise Feminismus in die Popkultur zu streuen bedeutet nicht, dass wir auch nur ein Ziel erreicht haben.«*

Was wäre die Ziellinie?

Ganz einfach: Gleichheit zu erreichen.

Sie haben doch gerade gesagt, Sie wollen exakt sein, und jetzt servieren Sie mir eine Plattitüde. Was soll das heißen: Gleichheit zu erreichen?

Genau! *(Lächelt.)* Die Leute wissen noch nicht, was das heißen würde. Es ist, als würde man fragen: Wie würde es sich anfühlen, ein Mensch zu sein? Wie wäre es, wenn sich alle anständig behandeln würden? Wir wissen es nicht, weil wir das noch nie erlebt haben.

Aber wenn wir uns einmal auf die politische Gleichberechtigung beschränken, können wir uns Island ansehen, da kommt man der Vision vielleicht am nächsten. Doch solche

Idealbilder stoßen immer an dieselbe Grenze: Solche Bedingungen können nur existieren, wenn es ein angemessenes Maß an wirtschaftlichem Wohlstand gibt, wenn in einer Gesellschaft genug Geld vorhanden ist und man darüber reden kann, wie man es aufteilen will. Island ist außerdem auch eine sehr kleine Gemeinschaft, die Menschen kennen einander. Die Zeitungen drucken zum Beispiel die Fotos von Kriminellen ab, um sie öffentlich zu brandmarken. Nur kleine Gemeinschaften können so Ordnung durchsetzen; in einem großen urbanen Raum wie New York schafft man das nicht.

Aber wir können uns ansehen, wofür der Feminismus sich heute einsetzt. Nehmen wir doch etwas Positives: Wenn jeder Mensch jeden anderen Menschen, egal ob dieser Mensch eine Frau oder ein Mann oder was auch immer für eine Sorte Mensch ist, mit Fairness, Respekt und Anstand behandeln würde, wäre das Feminismus? Wir würden das nicht unbedingt so nennen, aber es sollte sicherlich eines der erklärten Ziele sein.

Es gibt aber auch eine bestimmte Art von Feminismus, der sagt: Lasst uns die Männer töten. Manche Anhängerinnen sagen, wir brauchen nur ungefähr zehn Prozent der männlichen Bevölkerung, um Sperma für die Reproduktion bereitzustellen. Und wenn wir ihnen nicht gerade das Sperma entnehmen, halten wir sie in Käfigen. Die Radikalfeministin Shulamith Firestone hätte so etwas vorschlagen können. Ursula K. Le Guin experimentiert in ihren Kurzgeschichten mit verschiedenen Anordnungen von Männern und Frauen in verschiedenen Gesellschaften. In einer Geschichte beschreibt sie eine Welt, in der die Männer zwar nicht alle getötet werden, aber in großen Arenen im Kampf um Leben und Tod gegeneinander antreten müssen. Die Sieger dürfen dann Samenspender werden. Aber sonst haben die Frauen keine Beziehungen zu ihnen.

Wenn das die Zukunft wird, brauche ich doch noch einige Überlebenstipps von Ihnen.

(Lacht.) Ich glaube nicht, dass wir in diese Richtung gehen, zu Ihrem Glück! Es gibt diese Gedankenexperimente, aber das wäre sicher kein Weg, den ich befürworten würde.

Die Leute nennen Sie also ganz umsonst eine männerfressende Hexe?

Ja, ich weiß, es ist sehr enttäuschend, mich im echten Leben zu treffen. Mein Nachbar Sam, ein älterer Anwalt, kam einmal an Halloween gerade aus dem Haus, als ich in meiner Einfahrt das Laub mit einem Besen zusammenfegte. Und Sam sagte *(sie senkt ihre Stimme)*: »Margaret, du solltest aufpassen, dass dich niemand dabei sieht!« Ich fragte: »Sam, warum das denn?« Und er antwortete: »Es ist der Besen! Weißt du denn nicht, dass man dich die böse Hexe des Viertels nennt?« Ich werde den Teufel tun, diese Gerüchte über mich zu entkräften. Die Menschen haben mehr Respekt aus Angst als aus Liebe.

DER GEHÄNGTE

Sie wehren sich also dagegen, als feministische Autorin bezeichnet zu werden, weil Ihnen solche Beschreibungen und Zuschreibungen nicht exakt genug sind. Aber sehen Sie sich nicht dennoch als Teil einer größeren Bewegung, wie der Feminismus eine ist?

Sehen Sie, ich gehöre einer noch älteren Generation an als die Zweite Welle der feministischen Aktivistinnen der Sechziger- und Siebzigerjahre. Und: Ich bin kein Herdentier. Schriftsteller sind oft keine Herdentiere. Vielleicht ist es genauer zu sagen, Autoren von Romanen und Gedichten sind in der Regel keine Herdentiere. Schriftsteller, die Bücher über Philosophie oder Soziologie oder so etwas schreiben, richten sich oft gerne an einer Gruppe aus. Ich bin Außenseiterin aufgrund meiner Erziehung sowie aufgrund meiner Profession. Ich bin nicht in einer kleinen, eng verwobenen Gemeinschaft aufgewachsen, und das bedeutet, dass ich einen Scheiß darauf gebe, was andere Leute über mich denken. Und das ist ein Vorteil.

Menschen, die sich Feministinnen nennen, sind oft wütend auf meine Bücher geworden, weil ich auch Frauen porträtiere, die schlechte, bösartige, grausame oder einfach nur fehlbare Menschen sind. Ich porträtiere Frauen schlicht als *Menschen*. Sie sind nicht entweder gut oder böse. Frauen verhalten sich nun einmal nicht ständig wie Engel. Und wenn wir es täten, wäre uns allen todlangweilig. Aber diese Ambiguität ist für immer mehr Leute schwer auszuhalten.

Schriftsteller gelten dabei als besonders verdächtig: Wir sind weder für die Rechte noch für die Linke akzeptabel, weil wir über Menschen schreiben, und Menschen sind nun einmal moralisch nicht eindeutig in ein Schema zu packen. Das Ziel der Ideologen, die heute überall auftauchen, ist es, diese Unklarheiten zu beseitigen.

»Ich bin Außenseiterin
aufgrund meiner Erziehung sowie aufgrund
meiner Profession. Ich bin nicht in
einer kleinen, eng verwobenen Gemeinschaft
aufgewachsen, und das bedeutet, dass ich einen
Scheiß darauf gebe, was andere Leute
über mich denken.«

Warum interessieren Sie sich so sehr für menschliche Fehler?

Ich interessiere mich für den Menschen, und alle Menschen sind fehlerhaft. Oder wollen Sie etwa das Gegenteil behaupten?

(Schweigt.)

Ich sehe, dass Sie die Herausforderung nicht annehmen wollen.

Es denkt doch niemand ernsthaft, dass Frauen engelsgleiche Wesen sind, die sich immer höchst moralisch verhalten.

Ich glaube nicht, dass irgendjemand das ernsthaft annimmt. Aber man dachte lange Zeit, dass man nicht darüber sprechen sollte. Es kommt darauf an, wie viel man zu vergeben bereit ist. Wir waren alle in der Schule. Dort haben wir alle mit gemeinen Kindern zu tun gehabt, Jungen ebenso wie Mädchen. Wir alle wussten, dass Frauen nicht die besseren Menschen sind, aber man durfte nicht darüber sprechen.

Was mir in meiner täglichen Arbeit als Journalist auffällt, ist, dass Frauen gefeiert werden, wenn sie über Familienfragen, Kindererziehung oder eben auch Feminismus schreiben. Aber wenn eine Journalistin über ein Thema schreiben will, das nichts damit zu tun hat, dass sie ein Frau ist, zum Beispiel Finanzpolitik, gehen plötzlich die Mauern hoch und sie wird von ihren männlichen Kollegen nicht mehr gefeiert.

Weil sie dann zu einer Konkurrentin wird, und das darf nicht sein. Als Mitglied einer sogenannten »Minderheit« soll man immer über Themen schreiben, die mit der Zugehörigkeit zu dieser Minderheit zusammenhängen. Schwarze sollen darüber schreiben, wie es ist, schwarz zu sein, schwule Männer sollen über AIDS schreiben, Migranten über ihr schweres Schicksal und Frauen eben übers Kinderkriegen. Wenn man also viel Prügel einstecken musste, weil man als Frau über Finanzpolitik schreibt, lernt man, diese Themen zu vermeiden. So hält man diese »Minderheiten« in ihrer kleinen Identitäts-Box gefangen. Wenn sie es schaffen, aus ihrer Box auszubrechen, können sie vielleicht an einer Schraube ein wenig drehen, aber die anderen steuern die Maschine trotzdem immer noch.

2016 haben Sie einen offenen Brief unterzeichnet, der die University of British Columbia in Vancouver dazu auf-

forderte, einen mit Ihnen befreundeten Dozenten nicht zu entlassen. Die Universität wollte ihn feuern, weil ihm sexuelle Übergriffe vorgeworfen wurden. Diese Unterschrift hat Ihnen sehr viel Kritik eingebracht. Sie wurden sogar als *bad feminist* bezeichnet, ein Begriff, der von der US-amerikanischen Schriftstellerin Roxane Gay geprägt wurde. Noch so eine Kategorie unter den vielen Formen des heutigen Feminismus.

Das soll wohl heißen, dass ich eine Feministin bin, die sich mit anderen Feministinnen streitet. Aber Streit unter Feministinnen gibt es, seit es den Feminismus gibt. Auseinandersetzungen gibt es in jeder politischen Bewegung, es sei denn, man wird zu einem rücksichtslosen Tyrannen und bringt einfach alle Menschen um, die nicht mit einem einverstanden sind.

Ich wurde angegriffen, weil ich sagte, die Öffentlichkeit solle sich nicht in einen Fall einmischen, über den wir nichts wissen – ich betone: über den wir nichts wissen! Niemand außerhalb der Universität wusste, was genau von wem behauptet wurde oder wie die Beweislage war. Trotzdem wurde der Fall zu einem öffentlichen Politikum. Man kann doch nicht jemanden öffentlich für schuldig erklären, nur weil ein Vorwurf im Raum steht. Wenn ein Angeklagter schuldig ist, nur weil er angeklagt wird, ist das totalitär.

Dazu kommt die verrückte Situation an nordamerikanischen Universitäten. Dort gilt ein eigenes Rechtssystem, das völlig außerhalb dessen steht, was im Rest des Landes gilt. Wir sprechen hier also nicht von einem geregelten Rechtsverfahren. Sonst würde man den Fall vor einem Gericht verhandeln, und ein ordentlicher Staatsanwalt würde Anklage erheben – wenn es dafür ausreichend Beweise und Indizien gibt. An Universitäten braucht man das mittlerweile nicht mehr, dort reicht der Vorwurf einer sexuellen Verfehlung.

Aber jetzt hat ein männlicher Doktorand Avital Ronell, Professorin an der New York University, angeklagt, ihn sexuell belästigt zu haben – und dann waren die Verhältnisse plötzlich umgekehrt. Ihre Unterstützer sagen, dass ihr ein ordentliches Verfahren verweigert wurde. Dabei liefen über ein Jahr lang reguläre Ermittlungen, und der Doktorand hat nun einen Rechtsstreit angestrengt. Lesen Sie die Klageschrift, es ist offensichtlich, dass er von der Universität nicht ernst genommen wurde, weil er ein Mann ist. Er wurde entlassen und ausgegrenzt – und zwar von den Menschen, die sich dafür einsetzen, dass an amerikanischen Universitäten nur bereits der Vorwurf einer sexuellen Verfehlung aufs Schärfste geahndet wird. Doch wenn sie sich selbst angegriffen fühlen, schließen sie sofort die Reihen.

Ich könnte ein zweites Büro eröffnen, um all die Leute zu empfangen, die hinter den Kulissen zu mir gekommen sind, um mir zu erzählen, was da alles passiert. Aber öffentlich darüber sprechen will natürlich niemand.

»Streit unter Feministinnen gibt es,
seit es den Feminismus gibt.«

Diese Fälle gibt es nicht nur an Universitäten, immer öfter sehen wir das auch in der Filmbranche zum Beispiel, und in der Politik. Sie haben den Fall Kavanaugh ja bereits angesprochen.

Die Kavanaugh-Anhörung ist ein interessantes Beispiel. Die Republikaner lehnten jede Art von echter Untersuchung ab, die zeigen sollte, ob Brett Kavanaugh gegenüber

Christine Blasey Ford oder den anderen Frauen, die ihm das vorwarfen, sexuell übergriffig geworden war. Das hilft doch keiner Seite! Genau darum braucht es Organisationen wie AFTERMETOO, um eine professionelle Untersuchung durch Dritte einzuleiten. Das ist gegenüber beiden Seiten viel fairer als diese öffentlichen Schlammschlachten, bei denen danach niemand klüger ist. Diese Debatten werden so polarisiert geführt, vor allem in den Vereinigten Staaten.

Was mich auch beschäftigt an dieser Kavanaugh-Geschichte ist, dass er über sein Trinkverhalten gelogen hat. Gelogen, dass sich die Balken biegen. Er hätte das nicht tun sollen, er hätte sagen sollen, ja, ich war ein Trinker, und es ist sehr wahrscheinlich, dass ich etwas getan habe, an das ich mich nicht erinnere – aber ich glaube nicht, dass es so war. Stattdessen sagte er, er sei ein Chorknabe gewesen, nein, nein, ich habe vielleicht *ein* Bier getrunken, ein einziges Bier.

Sein emotionaler Ausbruch war ziemlich interessant, anscheinend wurde ihm geraten, sich so vor den Kameras aufzuführen.

Er klang nur wie ein Säufer auf dem Trockenen, der die Leute anschreit.

Wenn eine Frau in der gleichen Situation so einen emotionalen Ausbruch gehabt hätte ...

Sie wäre sofort unglaubwürdig geworden. Man hätte gesagt, dass sie verrückt ist. Dabei ist es ein Mythos, dass Frauen emotionaler sind als Männer. Es gibt so viele Mythen über alles Mögliche, weshalb ich mir immer zuerst die Frage stelle: Ist das wirklich wahr? Woher weißt du das, wovon du behauptest, es zu wissen? Denn es gibt einen Unterschied zwischen Wissen und Glauben. Doch der verwischt immer mehr. Vielleicht liegt es ja an den sozialen Medien, dass heute Überzeugungen wie Tatsachen behandelt werden – aber ich glaube, eigentlich haben Menschen schon immer so funktioniert. Wir haben es nur nicht gemerkt, weil man ohne soziale Medien nicht ständig mit den Meinungen aller Menschen konfrontiert war. Außer in der Marktforschung vielleicht.

»Es ist ein Mythos, dass Frauen emotionaler sind als Männer.«

Sie waren ja selbst in der Marktforschung tätig.

So ist es. Das fand ich sehr interessant: Woher wissen Menschen, was sie zu wissen glauben? Unsere Bier-Umfrage war da sehr aufschlussreich. Wir gingen mit einem Fragebogen von Tür zu Tür, denn damals waren die Menschen tagsüber noch zu Hause. Die Teilnehmer mussten auf einem Zettel ankreuzen, wie viele Flaschen Bier sie am Tag tranken. Wir haben eine unmöglich hohe Zahl angesetzt, fünfundsechzig Flaschen Bier am Tag oder so etwas, also mussten sie zwischen Null und unmöglich auswählen. Niemand würde die extrem hohe Zahl wählen, aber was wir wirklich suchten, war die wahre Anzahl. Wenn wir sie realistisch angesetzt hätten, hätte sie niemand angekreuzt, denn niemand will als der stärkste Trinker gelten.

Unsere größte Umfrage war aber die Abführmittel-Umfrage. Sie war sechsunddreißig Seiten lang! Ich habe einen Blick darauf geworden und gesagt: Kein Mensch wird diese

Fragen beantworten. Die Leute werden zwei Seiten durchgehen, dann werden sie uns rauswerfen. Mein Chef hat geantwortet: Ja, aber diejenigen, die eine sechsunddreißigseitige Umfrage über Abführmittel komplett beantworten, die sind unsere Zielgruppe! Man lernt sehr viel über Menschen in so einem Job.

ANDERE WELTEN

Dann mache ich jetzt mal eine kleine Marktforschung mit Ihnen, denn man lernt auch viel über einen Menschen anhand der Bücher, die er gelesen hat. Wollen Sie mir verraten, welche Lektüren Sie besonders beeinflusst haben?

Ich war schon immer eine unersättliche Leserin. Man könnte sagen, meine ersten Lehrer waren Schriftsteller. Manche lebten noch, aber die allermeisten waren nicht mehr am Leben – im üblichen Sinne des Wortes. Aber sie leben nun einmal weiter durch ihre Stimmen, Worte und Geschichten. »Du wirst dir deine Augen ruinieren«, sagten mir meine Eltern, als sie mich mit einer Taschenlampe beim Lesen erwischten. Und wie ich mir meine Augen ruiniert habe! Lesen ist die wohl beste Art, sich seine Augen zu ruinieren. Ich habe alles gelesen, was mir in die Finger gekommen ist. Das war eine erstaunliche Bandbreite an Büchern. Ich habe die Buchhaltung meiner Eltern aufbewahrt, meine Mutter hatte alles penibel aufgezeichnet. Darum weiß ich heute, wofür sie ihr mageres Einkommen ausgegeben haben. Bei Büchern haben sie nicht gespart. Bücher waren teuer damals, aber sie haben sie wie wild gekauft. Mein Vater liebte Krimis, also stapelten sie sich bei uns zu Hause, und ich habe sie alle gelesen. Zuerst alle Bände von Sherlock Holmes, dann fast alles andere von Arthur Conan Doyle. Meine Mutter mochte historische Romane, die habe ich auch verschlungen.

Ich habe auch sehr viel Science-Fiction gelesen. Wenn es in den Fünfzigerjahren geschrieben wurde, habe ich es garantiert gelesen. Mein Vater liebte Science-Fiction, gerade weil er Wissenschaftler war. Er las diese Science-Fiction-Romane und lachte und lachte und lachte. »Was für ein Seemannsgarn!«, rief er dann. Ich war begeistert von Ray Bradbury, John Wyndham, Anatole France. George Orwells *1984* las ich erst, als es als eines dieser billigen Taschenbücher herauskam. Ich habe diese Ausgabe noch. Es hat einen sehr schlüpfrigen Einband. Der Protagonist Winston Smith ist darauf zu sehen, wie er einer Blondine ins Dekolleté glotzt. Dann *Schöne neue Welt* natürlich. Von H.G. Wells habe ich auch alles gelesen, meine Eltern hatten die komplette Sammlung.

»Ich war schon immer eine unersättliche Leserin.
Man könnte sagen, meine ersten Lehrer
waren Schriftsteller.«

Ihre Begeisterung für Science-Fiction wurde Ihnen also quasi in die Wiege gelegt. Gab es später in Ihrem Leben weitere literarische Prägungen, die Sie für Ihr Schreiben als wichtig erachten?

Viel später, als ich in Harvard meinen Ph.D. machte, wurde ich großer Fan der Literatur des 19. Jahrhunderts. Diese Epoche war damals sehr unmodisch. Man las eher John Donne, den Dichter aus dem 17. Jahrhundert, diese Strömungen kommen und gehen. Der Grund, warum ich das 19. Jahrhundert als literarische Epoche so mochte, ist eigentlich banal. Als ich meinen Bachelor machte, wurde diese Epoche sehr gründlich unterrichtet. Außerdem war die absolute Koryphäe auf dem Gebiet ein Kanadier. Er unterrichtete in Harvard und wurde dort mein Doktorvater.

Sie haben Ihre Dissertation aber nie beendet.

Dabei war sie ausgezeichnet! Ich behandelte darin die »Metaphysische Romanze«. Diesen Namen hatte ich mir ausgedacht, um die Werke zu beschreiben, für die damals niemand einen Namen hatte. Gemeint sind damit Werke von George MacDonald über C. S. Lewis bis zu Tolkien. Ich untersuchte darin die mächtigen weiblichen Figuren mit übernatürlichen Kräften und ihr Verhältnis zu darwinistischen und wordsworthianischen Naturvorstellungen. Diese Art von Fantasyliteratur hatte damals noch niemand wirklich studiert, denn es war naturgemäß kein Realismus. Diese Literatur gehörte nicht zur großen Tradition des Sozialrealismus, in diesen Büchern kamen Frauen mit übernatürlichen Kräften vor! Das war eine bestimmte Obsession des 19. Jahrhunderts. Damals war man sehr besorgt um diese Frauen und was mit ihnen passieren könnte, wenn sie mehr Macht hätten. Ich habe mich immer für solche magischen Frauenfiguren interessiert, gute wie böse.

In Ihren Geschichten gibt es sehr viele Frauenfiguren mit übernatürlichen Kräften, sogar in Büchern, wo man sie nicht erwarten würde. In _Die Räuberbraut_ von 1993 zum Beispiel gibt es die Figur Zenia. Sie stiehlt die Männer der drei Hauptfiguren, stirbt dann und kehrt von den Toten zurück. Beim Lesen ist mir aufgefallen, dass sie zwar offensichtlich als Verkörperung des Bösen, als komplette Soziopathin, dargestellt ist, aber man diese Persönlichkeit auch als die einer sehr erfolgreichen und

in diesem Sinne nachahmenswerten Person betrachten könnte: durchsetzungsstark, verschlagen, manipulativ. Sie bekommt, was sie will.

Dass viele Leser das so sehen, habe ich erst herausgefunden, als das Buch erschienen war. Das erstaunt mich sehr, denn eigentlich habe ich sie tatsächlich als eine Art Superschurkin geschrieben. Als ich in England eine Lesung hatte, habe ich danach das Publikum gefragt, mit welcher Figur es sich am meisten identifizieren könnte. Und die Leute sagten ernsthaft: Zenia. Ich fragte sie, wie das nur möglich sei. Und diese eine Engländerin antwortete: »Weil Frauen es satt haben, die ganze Zeit gut zu sein!« Sich schlecht zu verhalten und damit erfolgreich zu sein, scheint stark damit assoziiert zu werden, mächtig zu sein.

Sie sollten Naomi Aldermans Buch *Die Gabe* lesen. Darin erhalten Frauen plötzlich die Fähigkeit, Blitze zu kontrollieren, und können so die Macht an sich reißen. Alderman erforscht in dem Buch, wie Frauen sich verhalten würden, wenn sie an der Macht wären. Es gab schon viele Utopien oder Dystopien, die das durchgespielt haben. Die aus dem frühen 20. Jahrhundert zeigen normalerweise das Reich der Freude und Schönheit. Alle tragen griechische Kleider und sind sehr nett, wie Glinda, die gute Hexe des Nordens aus *Der Zauberer von Oz*. Aber es ist doch völlig unwahrscheinlich, dass eine Gesellschaft, in der Frauen Führungspositionen einnehmen, auf einen Schlag friedlich und gerecht wird. Haben Sie schon mal von Margaret Thatcher gehört? Vielleicht war sie auch nur wegen des Patriarchats so. Vielleicht auch nicht. Wir wissen es nicht, wie es wäre, wenn nur noch Frauen regieren würden, denn wir waren noch nie in solch einer Situation. Es muss mehr Frauen in der Politik geben, weil sie die Hälfte der Bevölkerung ausmachen. Aber abgesehen von diesem statistischen Grund wird das nicht unbedingt Friede, Freude, Eierkuchen bedeuten. Ich bin kein großer Fan von solch einem Stammesdenken.

»Es ist doch völlig unwahrscheinlich, dass eine Gesellschaft, in der Frauen Führungspositionen einnehmen, auf einen Schlag friedlich und gerecht wird. Haben Sie schon mal von Margaret Thatcher gehört?«

Sie schreiben sehr oft über bösartige Menschen und oft über schreckliche Gewalt. Woher kommt der Antrieb dazu?

Lesen Sie Zeitung? Gewalt ist nun mal das, was man am meisten darin findet.

Aber es ist etwas anderes, in einer Zeitung zu lesen, dass irgendjemand irgendwo auf der Welt erschossen wurde, oder es selbst zu sehen – oder es detailliert zu beschreiben, wie Sie es tun.

Ich habe in meinem Leben bereits viele Tote gesehen. Ich gebe zu, die meisten starben nicht daran, dass sie erschossen wurden. Ich kannte aber mehrere Leute, die ermordet wurden. Und natürlich kannte ich Menschen, die Selbstmord begangen haben. Man kann nicht bis in mein Alter leben, ohne eine bestimmte Anzahl von Menschen zu kennen, die ermordet wurden oder Selbstmord begangen haben. Allein schon aus statistischen Gründen.

Lassen Sie uns ein kleines Gedankenexperiment machen.

Sie lesen einen Roman. Auf der ersten Seite steht, wie die Hauptfiguren heißen: Frida und Mergatroid. Frida und Mergatroid haben einen schönen Tag, sie stehen morgens auf, essen ein wunderbares Frühstück, die Brise weht sanft und hübsche, friedliche Tiere tummeln sich auf der Wiese vor ihrem Haus. Dann essen sie unter ähnlichen Umständen zu Mittag und der Tag geht weiter, und sie unternehmen irgendeine schöne Freizeitaktivität, und dann ist auch das zweite Kapitel so und auch das dritte Kapitel, und dann wirft man den Roman aus dem Fenster. Was können wir tun, um das Leben von Frida und Mergatroid interessanter zu machen? Die Marsmenschen landen, Mergatroid ist ein Vampir, sie verwandeln sich beide in Zombies, es gibt einen Börsencrash, ein Serienmörder steigt durch das Fenster ein, irgendetwas muss passieren, damit daraus eine Geschichte wird. Denn solange es keine Ereignisse gibt, ist es keine Geschichte.

Ich glaube, es war Tschechow, der gesagt hat: Einmal ist ein Unfall, zweimal ein Zufall und dreimal ein Muster. Ein Roman ist wie ein Muster. Es muss etwas vorfallen, oder es ist kein Roman. Dann ist es ein Tagebuch. Oder der Bericht von jemandem, der neben dir im Zug sitzt und dir von seinem wunderbaren Urlaub in Paris erzählt und dir alle seine Lieblingsbilder zeigt, da ist er vor dem Eifelturm, das ist sein Lieblingsrestaurant, hier geht er an der Seine entlang – was, offen gesagt, auch eine Form der Gewalt sein kann. Bitte verschone mich. Es war für dich bedeutsam, aber wenn du es nicht für mich bedeutungsvoll machst, schlafe ich ein.

Wir haben ja bereits darüber gesprochen: Ich kann nicht sagen, was für andere von Bedeutung sein wird, denn ich kann nicht vorhersagen, wer meine Leser sein werden. Darin unterscheidet sich das Schreiben von einer Bühnenperformance. Man kann sein Buch nur so schreiben, wie man

es am besten kann. Und dieses Buch wird Ereignisse ent-
halten, und ja, einige dieser Ereignisse werden gewaltsam
sein.

**Gibt es eine Form von Gewalt, die Sie nur ungern be-
schreiben würden?**

Es gibt einige Dinge, über die ich einfach nicht schreiben
kann. Ich weiß zum Beispiel nicht, wie es war, im Ersten
Weltkrieg in der Schlacht von Vimy Ridge zu kämpfen.
Aber ich habe gelesen, was darüber geschrieben wurde, in
Tagebüchern ebenso wie in Geschichtsbüchern. Ich könnte
also vortäuschen, da gewesen zu sein. Als Schriftstellerin
täuscht man oft vor, zu wissen, wie sich etwas anfühlt, das
man selbst noch nie getan hat.

**Allerdings sind Sie auch berühmt für Ihren Humor. Man
liest grauenhafte Szenen voller psychischer oder körper-
licher Gewalt, und dann taucht da mittendrin ein Scherz
auf. Wie bringen Sie beides zusammen?**

Es verläuft ein sehr schmaler Grat zwischen gewaltsamen
Ereignissen und Humor. Daraus kann Slapstick entstehen,
auf einer Bananenschale ausrutschen und all so Zeug. Es
wurde schon oft darauf hingewiesen, dass es lustig ist, wenn
ein reicher Mann, der in einem großen Haus lebt, auf einer
Bananenschale ausrutscht und hinfällt, aber wenn ein armer
Schlucker ausrutscht, ist es nicht wirklich lustig. Es kommt
auf den sozialen Kontext an. Humor entsteht durch den
Kontrast zum Beispiel zwischen dem Zustand selbstgefälli-
ger Aufgeblasenheit und dem Platzen dieser Blase.
　　Manche Menschen teilen die Welt in Kategorien auf: Diese Dinge sind lustig, andere Dinge sind nicht lustig. Und
es gibt andere Menschen, bei denen es gar keine Kategorie

gibt von Dingen, die lustig sind, die finden gar nichts lustig.
Das sind aber nicht meine Leser.

*»Ich glaube nicht an Tabus. Aber es gibt
verschiedene Arten des Lachens. Lacht
man über jemanden oder mit jemandem?«*

**Finden Sie, es gibt Dinge, über die man nicht lachen soll-
te?**

Nein, ich glaube nicht an Tabus. Aber es gibt verschiedene Arten des Lachens. Lacht man über jemanden oder mit
jemandem? Lachen ist eine sehr seltsame Sache, es kommt
in vielen Varianten vor. Es kommt darauf an, wie man sich
zu etwas positioniert. Erst vor Kurzem haben wir gesehen,
wie Donald Trump sich über Christine Blasey Ford lustig
gemacht hat. Der Präsident der Vereinigten Staaten macht
in einer Ansprache Witze über eine Frau, die sagt, sie sei
sexuell missbraucht worden. Ist das lustig? Das Publikum
hat jedenfalls gelacht.

**In einer Ihrer lustigsten Kurzgeschichten geht es um
Vergewaltigung. Sie heißt »Rape Fantasies« und ist erstmals 1975 erschienen. Darin erzählen sich Freundinnen
ihre Vergewaltigungsphantasien, die alle sehr roman-
tisierte Sexphantasien sind, ein gut aussehender Mann
steigt durchs Fenster ein und solche Sachen. Eine Freundin aber erzählt, wie ihre Phantasien davon handeln, wie
sie den Vergewaltiger los wird, etwa, indem sie ihm Zi-
tronensaft in die Augen spritzt und er die Treppe runter-**

fällt. Das ist ein Thema, von dem viele denken, es sei ein Tabu, man dürfe nicht darüber lachen.

Der Ausgangspunkt für diese Kurzgeschichte war ein Stück Alltagsmythologie der damaligen Zeit, nämlich, dass Frauen vergewaltigt werden *wollen*, weil sie Vergewaltigungsphantasien haben. Was die Geschichte sagen will, ist, dass das nicht wahr ist. Wenn die Frauen eine Zitrone hätten, würden sie dem Kerl den Saft in die Augen spritzen. Die Geschichte untergräbt die Angst davor, vergewaltigt zu werden, mit Slapstick, der dem Vergewaltiger widerfährt. Auch hier geht es um eine Umkehrung, wie bei dem reichen Mann, der auf einer Bananenschale ausrutscht. Eigentlich geht die Gewalt vom Vergewaltiger aus, plötzlich ist aber er das Opfer.

Im Kern ist diese Kurzgeschichte natürlich überhaupt nicht lustig, denn es geht darum, wie Vergewaltigung als Thema von den Medien aufgegriffen und sensationalisiert wird. Helfen die »Zehn Tipps gegen Vergewaltigung«, die ich in einem Frauenmagazin gelesen habe, wirklich? Gegen Ende kann man auch aus dem Kontext schließen, dass die Erzählerin gerade dabei ist, die Geschichte einem Mann zu erzählen. Sie hat diesen Mann offenbar in einer Bar aufgegabelt, das ist immer eine gefährliche Sache. Die Geschichte selbst ist also ihr Versuch, ihren Vergewaltiger in ein Gespräch zu verwickeln und so von ihm als Mensch anerkannt zu werden. Sie hofft darauf, nicht von ihm vergewaltigt zu werden, wenn er sie nicht bloß als Frau sieht, sondern als Mensch.

Freundinnen von mir sind so aus brenzligen Situationen herausgekommen. Einer Freundin half die Tatsache, dass eine Treppe zwischen ihr und dem Angreifer lag. Als er auf sie zukam, hat sie ihn gefragt: »Noch etwas Tee?« Als er dann verwirrt rumstammelte, hat sie ihn die Treppe heruntergestoßen und ist weggerannt. Manchmal ist das Leben der beste Slapstick.

»Die Serie hat dieselbe Beziehung
zu mir wie ein Film über Ebenezer Scrooge
zu Charles Dickens.«

In Ihren Büchern hat die Gewalt ja meist einen narrativen Sinn, man erfährt etwas über die Charaktere, sie treibt die Geschichte voran oder zeigt, in welcher Welt wir uns befinden. In *Der Report der Magd* etwa lernen die Leser das Ausmaß der Diktatur kennen. Die Fernsehserie aber scheint in der zweiten Staffel in pure Faschismus-Pornographie zu kippen. Was erst zeigen soll, dass da Sadisten am Werk sind, wird gegen Ende zur reinen Darstellung von Sadismus, Gewalt um der Gewalt willen. Ich weiß schon, dass da gefoltert wird, ich muss nicht noch einmal sehen, wie einer Frau die Hand an einem Gasherd verbrannt wird.

Über die Serie habe ich nicht viel Kontrolle. Ich bin offiziell so etwas wie eine beratende Produzentin. Ich lese die Drehbücher und mache Notizen, aber sie sind nicht gezwungen, auf mich zu hören. Insgesamt finde ich, dass das Team der Serie ausgezeichnete Arbeit leistet. Die Serie hat dieselbe Beziehung zu mir wie ein Film über Ebenezer Scrooge zu Charles Dickens. Ich bin das Originalmedium, aus dem dieses Wesen aus Ektoplasma entsprungen ist. Es ist wie der Geist meines Werks. Die Serie hat zwar eine Verbindung zu mir, aber sie steht auch für sich, man kann sie völlig unabhängig von mir genießen oder interpretieren. Ich könnte genauso gut tot sein, die Serie würde immer noch funktionieren.

Die Macher der Serie wissen, dass meine Bedingung an mich selbst war, während ich das Buch schrieb, dass es nur Dinge beinhaltet, die Menschen einander tatsächlich angetan haben. An diesen Ansatz halten sie sich. Allerdings finde ich, dass die zweite Staffel etwas extrem geraten ist. Geschehen diese Dinge im echten Leben? Ja. Sollte man es im Fernsehen zeigen? Das ist eine andere Frage.

Auch die Logik des Mediums spielt eine Rolle. *The Handmaid's Tale – Der Report der Magd* ist auf dem US-Streamingportal Hulu erschienen. Da funktionieren die erzählerischen Methoden und das Gesetz der Aufmerksamkeit anders als im konventionellen Fernsehen. Man muss sich bewusst entscheiden, die Serie zu sehen. Sie erscheint nicht einfach so nach den Nachrichten auf dem Bildschirm. Deshalb sind Serien, die man streamt, auch oft extremer, wie *Game of Thrones*, wo jemandem der Kopf abgeschnitten und dafür der Kopf eines Hundes angenäht wird oder was weiß ich.

Wenn wir schon von verschiedenen Medien sprechen: Sie selbst bedienen unzählige verschiedene Genres, neben Ihren Romanen, Erzählungen, Gedichten, Kinderbüchern, Essays und Sachbüchern haben Sie mit dem Illustrator Johnnie Christmas eine Graphic Novel geschrieben, *Angel Catbird*, 2016 erschienen. Darin geht ein Wissenschaftler versehentlich durch eine von ihm erfundene Genmanipulationsmethode eine Verbindung ein mit der DNA seiner Katze und einer vorbeifliegenden Eule. So mutiert er zum Superhelden Angel Catbird, der Rattenmenschen bekämpft. Dabei gibt es nicht besonders viel Action, die Graphic Novel ist eher ein surrealer

Versuch, durchzuspielen, wie Mensch und Tier zu einem neuen Wesen verschmelzen könnten und welche moralischen Folgen das hätte.

Ausschlaggebend war eine inhaltliche Frage. Ich mag Vögel sehr, aber sie sind großen Bedrohungen ausgesetzt. Vor allem wandernde Singvögel sehen sich in Nordamerika vier großen Problemen ausgesetzt: der Zerstörung ihres Lebensraums, der Vergiftung der Luft und des Wassers, Glasscheiben, gegen die sie fliegen – und Katzen. Katzen sind in Nordamerika keine heimische Spezies, sie wurden eingeführt. Deswegen haben Katzen hier wenige natürliche Feinde außer Wölfen und Kojoten. Seit wir die Wölfe und Kojoten losgeworden sind, breiten sich Katzen auch wild aus. Sie fressen die ganzen Singvögel. Jetzt kommen die Kojoten zurück – und es gibt wieder weniger Katzen.

Aber Sie können sich nicht mit diesem Problem befassen, ohne viele Katzenbesitzer zu beleidigen, oder tatsächlich alle Katzenbesitzer zu beleidigen. Ich hatte selbst Katzen und ich verstehe, warum es nicht gut ankommt, wenn man sagt: Sie müssen Mieze in der Toilette ertränken. Denken Sie an die Umwelt! Katzenbesitzer sind für diese Botschaft nicht zugänglich. Mein Mann und ich haben heute keine Haustiere mehr, weil wir über sie stolpern würden, wenn wir die Treppe hochkommen. Vielleicht versuche ich auch deshalb, eine vermittelnde Rolle einzunehmen. Der einzige Weg, beide Seiten zu versöhnen, scheint, einen fliegenden Superhelden zu erfinden, der halb Katze und halb Vogel ist und daher beide Seiten des Problems versteht. Den Kern des erstes Bandes bildet die Szene, in der Angel Catbird kurz nach seiner Verwandlung ein Vogelküken findet, das aus dem Nest gefallen ist. Er hebt es mit seinen haarigen Krallen auf und denkt: »Soll ich es essen, oder soll ich es retten?«

»Ich verstehe, warum es nicht gut ankommt,
wenn man sagt: Sie müssen Mieze in der
Toilette ertränken. Denken Sie an die Umwelt!
Katzenbesitzer sind für diese
Botschaft nicht zugänglich.«

Warum haben Sie dafür die Form eines Comics gewählt?

Ich war schon immer fasziniert von Comics. In vielen meiner Bücher finden sich Maler oder Künstler. Die Hauptfigur in *Katzenauge* ist eine Malerin, die Erzählerin in *Der lange Traum* von 1972 ist Illustratorin. Ich gehöre zu der ersten Generation, die mit Comics aufgewachsen ist. Wir hatten kein Fernsehen, als wir jung waren, wir hatten Comics. Als Kind habe ich Comics entworfen, und in den Siebzigerjahren habe ich sogar eine satirische Comicserie für ein Magazin gezeichnet: *Kanadian Kulture Komix*.

Ich erinnere mich an unseren ersten Fernseher, es war wie der erste Apple-Computer. Alles, was man darauf sehen konnte, waren Marionettenspiele, und selbst davon sah man wenig, das Bild war so verwackelt. Irgendwann kamen Krimiserien und Cartoons auf, und die Eltern gerieten in Panik, dass das Fernsehen ihre Kinder verderbe. Davor gaben die Eltern den Comics die Schuld an allem, sie seien schlecht und korrumpierten die Kinder. So kam der Comic-Code auf, der die Inhalte von Comics moralisch hochwertiger machen sollte, wie später der Hays Code für Filme. Der Comic-Code galt nicht für schwarz-weiße Comics, dort konnte man noch die Monster und Mörder und Leichen sehen. Es ist doch interessant, wie jedes Medium erst verpönt wird und dann irgendwann an Prestige gewinnt.

»Angeblich sollen all die Pornos im Internet dafür verantwortlich sein, dass die Jugend verdorben wird, aber ich würde sagen, die Lügen im Internet sind das größere Problem.«

Korrumpieren Sie denn die Jugend mit Ihrer Graphic Novel?

Ich habe nicht genug Leser, um gegen das Internet anzukommen. Angeblich sollen all die Pornos im Internet dafür verantwortlich sein, dass die Jugend verdorben wird, aber ich würde sagen, die Lügen im Internet sind das größere Problem.

MORALISCHE UNORDNUNG

Glauben Sie, dass öfter in der Öffentlichkeit gelogen wird, seit es das Internet gibt, als davor?

Ja. Es wird mehr gelogen, weil man damit durchkommt. Wenn man Gelegenheiten für schlechtes Verhalten schafft, werden diese Gelegenheiten von manchen Menschen ausgenutzt. Wenn du die Autotür unverschlossen lässt, wird jemand dein Auto stehlen. Ich glaube aber nicht, dass Leute in ihren zwischenmenschlichen Beziehungen mehr lügen; es geht um die Sphäre der Öffentlichkeit. Ich bin keinesfalls mehr dazu verleitet, Sie in diesem Gespräch anzulügen, als ich es vor dem Internetzeitalter gewesen wäre. Wo waren Sie letzte Nacht? Ich war zu Hause und habe für eine Prüfung gelernt! Wie viel haben Sie als Teenager getrunken, Richter Kavanaugh? Nur ein Bier! Aber öffentliches Lügen, insbesondere öffentliches anonymes Lügen, ist wirklich außer Kontrolle geraten. Manchmal merken die Leute nicht einmal, dass sie gerade eine Lüge von sich geben. Sie sagen oder schreiben einfach, was ihnen gerade in den Sinn kommt, ohne zu überprüfen, ob es wahr ist.

Die Öffentlichkeit muss lernen, Fakten zu bewerten. Wer verbreitet diese Meldung? Was ist die Quelle? Ist die Quelle neutral? Leider verfügen nur sehr wenige Menschen über das notwendige Fachwissen, um die Zahlen und Statistiken zu entschlüsseln, mit denen wir ständig bombardiert werden. Wir brauchen mehr wissenschaftliche Kompetenz. Natürlich wird ausgerechnet jetzt die naturwissenschaftliche und mathematische Bildung immer mehr beschnitten. Die letzte kanadische Regierung von Premierminister Stephen Harper war selbst ein meisterhafter Produzent von irreführenden Nachrichten. Sie veröffentlichten eine Karte, auf der mehr arktisches Meereseis zu sehen war als in der offiziellen Karte der Vorgängerregierung. Das Meereis nimmt tatsächlich zu! Globale Erwärmung und Klimawandel gibt es also nicht? Wie beruhigend für die Bevölkerung und wie bequem für diejenigen, die in Kohlenstoffkraftstoffe investieren!

» Wasser fließt nicht bergauf, tut mir leid, aber das tut es eben nicht. Es ist keine Meinung zu sagen, dass Wasser bergab fließt. Meinungen sind etwas anderes als Fakten.«

Wahrheit ist gerade ein umkämpfter Begriff. Der Begriff Fake News ist in aller Munde, ebenso wie die Bezeichnung Post-Truth-Ära für das Zeitalter, in dem wir gerade leben.

Lassen Sie uns über Wahrheit sprechen: Hat Napoleon die Schlacht von Waterloo gewonnen, ja oder nein? Es gibt nun mal überprüfbare Fakten. Etwas anderes zu behaupten hieße, Historiker und ihre Arbeit zu beleidigen. Denken Sie an die Historiker, die heute versuchen, herauszufinden, welche Untaten den indigenen Völkern angetan wurden. Oder die Historiker, die die Gräueltaten der Kriege erforschen. Man beleidigt diese Menschen, wenn man behauptet, es gäbe keine Wahrheit. Es ist nämlich nicht so, dass man automatisch auf der Seite der Schwachen steht, nur weil man das Konzept der Wahrheit in Frage stellt.

Post-Truth ist bloß ein Slogan, und wie alle Slogans ist er sehr allgemein gehalten. Ob etwas wahr ist, findet man eben doch erst heraus, wenn man etwas konkreter wird. Wasser fließt nicht bergauf, tut mir leid, aber das tut es eben nicht. Es ist keine Meinung zu sagen, dass Wasser bergab fließt. Meinungen sind etwas anderes als Fakten, Überzeugungen sind etwas anderes als Fakten. Stellen Sie einem Mathematiker Orwells berühmte Frage aus *1984*: Sind zwei und zwei gleich vier? Wie viele Finger halte ich hoch? Foltert man den Mathematiker lange genug, würde er bestimmt sagen: Nein, zwei plus zwei ergibt fünf, nur damit die Folter aufhört. Und wenn man seinem Gehirn länger mit Stromschlägen zusetzen würde, würde er es irgendwann tatsächlich glauben. Aber das wäre dann trotzdem nur eine Art persönliche Meinung.

Ganz weit draußen, an den Rändern des politisch Vertretbaren, gibt es Wahnsinnige, die wollen die Wahrheit verschwinden lassen. Sie wollen aus einem politischen Kampf um die Deutungshoheit einen Kampf um die Wahrheit machen. Ist die Erde flach oder nicht? Schützen Impfungen Ihre Kinder vor Masern oder machen sie sie zu Autisten? Da landen wir wieder bei Orwell und dem Erinnerungsloch, in das wir alles verschwinden lassen sollen, was der Macht gefährlich werden kann. Ich werde die Geschichte anders erzählen, und du wirst der Version der Geschichte glauben müssen, die ich dir präsentiere. Denn ich habe die Macht dazu und die Kontrolle darüber. Und wenn du meiner Version der Geschichte nicht applaudierst, töte ich dich. Das kann man tun, wenn man Tyrann ist.

Aber nehmen wir an, dass wir immer noch in einer Gesellschaft leben, in der niemand diese Macht hat. In unserer Gesellschaft können wir Fakten aufdecken, ohne erschossen zu werden – zumindest bis jetzt.

Bis jetzt? Fürchten Sie etwa, dass sich das bald ändert?

Die Kunst steht heute unter verschärfter kritischer Beobachtung. Es ist eine Art moralische Kontrolle, die ausgeübt wird, und zwar von Kräften, die selbst außerhalb der Kunst stehen. Sie sagen, sie handeln zum Schutz der Gesellschaft – aber das behaupten die Befürworter von Zensur immer. Sie verlangen, dass nichts veröffentlicht wird, was einen Skandal verursachen könnte. Diese übermäßig moralisierte Ansicht entspricht dem Kunstverständnis des Viktorianischen Zeitalters. Diese Epoche im 19. Jahrhundert zeichnete sich durch ein historisch wohl einzigartiges Ausmaß an Scheinheiligkeit aus. Während die Literatur und die bildende Kunst züchtig und moralisch erbaulich zu sein hatten, gab es in London so viele Straßenprostituierte wie nie zuvor. Wie sind wir wieder so weit gekommen? Heute wird die neue Tugendhaftigkeit bei der schnellen und harten Bewertung von Kunsterzeugnissen begleitet von der schnellen und harten Pornographie, die im Internet kursiert. Obwohl ich einige medialen Wellen habe kommen und gehen sehen – so etwas wie die Pornographieschwemme, die uns heute überflutet, habe ich noch nie erlebt.

Wir waren nie frei von der Idee, dass Romane und Gedichte danach beurteilt werden sollten, ob sie gut für dich sind oder nicht. Wer entscheidet das? Diejenigen, die sich zu Richtern aufschwingen! Wenn sich Leute zu moralischen Richtern erklären, endet das für uns Schriftsteller nie gut. Zumindest nicht, wenn wir ein Interesse daran haben, spannende Literatur zu schreiben – und nicht wie Samuel Richardson Hunderte Seiten über irgendeinen angeblich so guten Gentleman auf seinem englischen Landsitz schreiben wollen.

Heute manifestiert sich diese moralische Sichtweise in der niemals enden wollenden Kritik an künstlerischen Werken. Angeblich sollen sie nur noch ein Symptom der Ideologie oder der wirtschaftlichen Position oder der Vorurteile des Autors sein. Man kann sie also daraufhin untersuchen, inwiefern sie die Fehlbarkeit ihres Autors beweisen. Ohnehin erscheinen Kunst und Literatur nur noch als Teil der Kulturindustrie, also nicht mehr als ein genuin schöpferischer Akt. Man kann alles also auch gleich ganz über Bord werfen. Es scheint nicht mehr die Rezeption von Kunst zu sein, die uns als Menschen besser, weiser oder auch nur entspannter macht, sondern ihre Zerstörung. Ständig lese ich, dass wieder jemand gefordert hat, ein missliebiges Bild zu verbrennen. Haben diese Leute vergessen, wo wir hinkommen, wenn wir anfangen, Kunst zu verbrennen, die uns nicht in den Kram passt?

»Haben diese Leute vergessen, wo wir hinkommen, wenn wir anfangen, Kunst zu verbrennen, die uns nicht in den Kram passt?«

Mir scheint, die Label Post-Truth und Fake News sind einfach neue Begriffe für Phänomene, die es immer schon gab. Dass es Leute gibt, die absichtlich oder unabsichtlich Fehlinformationen verbreiten oder eine Weltinterpretation vertreten, die ich nicht nur nicht teile, sondern auch absurd finde, gehört doch zu einer vielfältigen Gesellschaft. Warum entgleist das aber gerade so?

Das ist ja der Punkt. Die Meinungsfreiheit – das Recht, politische Meinungen zu äußern, ohne inhaftiert zu werden, das Recht der Presse, herauszufinden, was die Mächtigen so treiben und es veröffentlichen – ist völlig zerrüttet. Extremisten versuchen immer, die Meinungsfreiheit einzuschränken.

Der traditionelle Werkzeugkasten dafür ist einfach: Schlägertrupps, Zensur, Schauprozesse. Heute gibt es aber neue Strategien. Paradoxerweise sind es im Moment die Rechten, die sich für die »freie Meinungsäußerung« einsetzen. Damit meinen sie aber bloß das Recht, absolut alles zu sagen, was man will, egal wie unehrlich und bösartig es ist. Damit pervertieren sie diesen so essentiellen Wert unserer Demokratie aber völlig. Wenn sich irgendwelche furchtbaren Menschen herausnehmen, furchtbare Dinge zu sagen, und sich dabei als Verteidiger der Meinungsfreiheit aufspielen, wird die Meinungsfreiheit für andere abstoßend.

Die Linke hat dummerweise den von der Rechten ausgeworfenen Köder geschluckt und versucht eifrig, bestimmte Sprechakte auszuschalten, die ihr nicht gefallen. Man sollte sich davor hüten, solche Waffen zu schmieden: Sie werden mit Sicherheit gegen dich eingesetzt werden.

Menschliche Gesellschaften definieren sich doch aber auch über viele Dinge, die nicht auf nachprüfbaren Fakten basieren, sondern auf Traditionen, Werten und gemeinsamen kulturellen und sozialen Interpretationen. Es geht doch um diesen Wahrheitsbegriff, den der gesellschaftlichen Wahrheit.

Der Angriff auf das Konzept der Wahrheit kommt ausgerechnet aus den Universitäten. Lassen Sie uns über den Unterschied zwischen der wissenschaftlichen Theorie und dem, was heute an bestimmten Universitäten als *theory* gilt, sprechen.

Meinen Sie mit *theory*, was man in angelsächsischen Ländern als *continental philosophy* bezeichnet: einen Sam-

melbegriff, der eine ganze Bandbreite von europäischen Denkschulen meint, wie etwa die Kritische Theorie, die Dekonstruktion oder den Poststrukturalismus?

Ja. Naturwissenschaftliche Theorien werden durch Hypothesen und Experimente untermauert. Wenn man auf eine Abweichung stößt, sich in einem Experiment die These nicht bewährt, dann muss man seine Theorie ändern. Man kann nur sagen, dass etwas ein Naturgesetz ist, wenn es immer wahr ist. Es gibt nur sehr wenige Naturgesetze in der Wissenschaft, weil sie immer wahr sein müssen. Und die Theorien müssen ständig an der Realität getestet werden. Einige dieser Tests können fehlerhaft sein, weil die gewählten Methoden oder die betrachteten Gegenstände entweder falsch oder zu begrenzt sind. Deshalb wollen Wissenschaftler immer wissen, wer das Experiment gemacht hat, wie das Experiment genau aufgebaut war, wie es ausgeführt wurde.

Mein Vater erzählte oft einen Witz. Wissenschaftler machen sich natürlich immer über die Wissenschaft lustig, weil sie zu Fehlern neigt, weil die Selbstkorrektur in ihr System eingebaut ist. Der Witz geht so: Ein Wissenschaftler führt ein Experiment durch, um zu sehen, was Leute betrunken macht. Also gibt er seinen Versuchspersonen Scotch und Soda, dann Brandy und Soda, und schließlich Whiskey und Soda. Alle Versuchspersonen sind am Ende jämmerlich betrunken. Der Wissenschaftler schlussfolgert: Es muss das Sodawasser sein!

Die sogenannte *theory* scheint mir nur eine Reihe von Überzeugungen zu sein. Das ist also gar keine Theorie, sondern eine Reihe von Dogmen. Alle, die ihre Arbeit von Derrida oder so jemandem ableiten, stecken mit dem Kopf in den Wolken. Sie schauen nicht auf echte Menschen, oder darauf, was wirklich in der Welt geschieht. Sie tun das Gegenteil. Sie sagen: Hier ist meine Theorie, und wir werden alles hineinquetschen. Wir werden die Köpfe und die Füße abschneiden, damit alles reinpasst. Das ist keine Wissenschaft.

Die Anhänger dieser Denkschulen würden natürlich argumentieren, dass sie die Geistesgeschichte durcharbeiten, historische Beispiel ansehen und so weiter, um so vom Schreibtisch aus herauszufinden, wie die Welt funktioniert.

Die Geistesgeschichte ist aber bloß die Geschichte dessen, was Menschen, die schon lange tot sind, in der Vergangenheit so gedacht haben. Nur weil jemand etwas denkt und in einem Buch aufschreibt, heißt das nicht, dass es wahr ist.

Gerade heute Morgen gab es auf dem Wetterkanal ein kleines Quiz. Bei dem Quiz ging es um Pinguine. Die Frage lautete, warum Pinguine nach hinten fallen, wenn sie in den Himmel schauen. Es gab verschiedene Möglichkeiten: Weil ihr Kopf so schwer ist, verlieren sie das Gleichgewicht, sie haben einen sehr seltsamen Halswirbel, und solche Antworten. Aber die letzte Möglichkeit war: Pinguine fallen gar nicht rückwärts um, wenn sie nach oben sehen, das ist ein Mythos.

Ich habe natürlich darauf getippt, dass es ein Mythos ist und dann im Internet nachgesehen, wie die anderen Zuschauer abgestimmt haben. Nur eine winzige Gruppe wählte die Option, dass es sich nur um einen Mythos handelt. Alle anderen wählten irgendeine Option, weil sie wirklich dachten, dass Pinguine rückwärts umfielen, wenn sie in den Himmel schauen. Aber nur weil die Zuschauer denken, dass es so ist, bedeutet das nicht, dass es wahr ist.

Das ist wohl kaum das Ziel der Geisteswissenschaften, wenn sie den Begriff der Wahrheit hinterfragen.

»Nur weil man ein Label draufklebt, auf dem groß ›progressiv‹ steht, bedeutet das nicht, dass der Inhalt dann wahr oder gut ist.«

Die Geisteswissenschaften hinterfragen vieles – aber wir sollten die Geisteswissenschaften ebenso hinterfragen. Sie haben keine unbefleckte Geschichte. Vieles, was die Geisteswissenschaften an Theorien in die Welt gestellt haben, wird heute hinterfragt oder entsorgt. So viele Ideen, die wir heute ablehnen oder gegen die wir heute kämpfen, wurden in den letzten Jahrhunderten zu einer theologischen Ideologie erhoben. Die Basis für diese Ideologien stammt aus den Universitäten. Die Rassentheorie zum Beispiel ist aus Universitäten hervorgegangen! Das war ein verrückter französischer Akademiker im 18. Jahrhundert.

Universitäten verkörpern nicht zwangsweise das Gute und Wahre. Ebenso wenig verkörpern Menschen, die sich fortschrittlich nennen, die Gerechtigkeit. Sehen Sie sich doch in der Geschichte um, wer sich als fortschrittlich bezeichnet hat. Die Eugenik galt einmal als sehr fortschrittlich. Nicht nur in Nazi-Deutschland, sondern auch in Schweden, diesem Paradies der Fortschrittlichen, dort sogar bis Mitte der Siebzigerjahre. Leute, die sich damals gegen Zwangssterilisation einsetzten, galten als veraltet. Vergessen Sie nicht, dass es auch Frauen waren, die im 19. Jahrhundert in Großbritannien und all seinen Kolonien für ein Gesetz lobbyierten, das Homosexualität unter Strafe stellte. Das war es, was Oscar Wilde ins Gefängnis brachte. Und noch heute lebt dieses Gesetz in ehemaligen Kolonien in Afrika fort. In Indien wurde es erst kürzlich vom obersten Gericht kassiert.

Nur weil man ein Label draufklebt, auf dem groß »progressiv« steht, bedeutet das nicht, dass der Inhalt dann wahr oder gut ist. Man muss von Fall zu Fall entscheiden: Ist es wahr? Ist es fair?

Glauben Sie an die Wahrheit? Dass es eine objektive Wahrheit gibt?

(Sie ist kurz still.) Natürlich!

Jetzt mussten Sie aber doch überlegen.

Ich zögere, weil ich die Argumente gegen einen objektiven Wahrheitsbegriff kenne, der von Akademikern vorgebracht wird. Aber stecken Sie diese Leute in einen Bottich mit heißem Wasser und sehen Sie, ob sie sterben. Es ist wahr, dass sie sterben werden.

Die Schlagzeile lautet also: »Margaret Atwood plädiert dafür, Universitätsprofessoren in ein Becken voller kochendem Wasser zu werfen.«

Ich befürworte natürlich keinesfalls, Universitätspersonal zu foltern. Aber wenn Sie überprüfen möchten, ob es im faktischen Sinne Wahrheit gibt, wäre das ein möglicher Test. Denn Menschen, die gerne hinterfragen, ob es so etwas wie Wahrheit gibt, wenden ihre Kritik nie auf das eigene Leben an. Für alle anderen gibt es keine Wahrheit, aber in ihrem eigenen Leben soll alles gesichert sein.

Ich stehe da ganz auf der Seite des englischen Dichters Samuel Johnson: Ich widerlege das, indem ich gegen einen Stein trete.

Sie spielen an auf eine überlieferte Anekdote: Samuel

Johnson war ein großer Pragmatiker und hat unter anderem im 18. Jahrhundert eines der wichtigsten Wörterbücher der englischen Sprache zusammengetragen. Eines Sonntags debattierte er nach dem Kirchenbesuch mit dem Bischof George Berkeley. Dieser Theologe war zu der Zeit sehr bekannt für seine philosophischen Schriften, in denen er gegen Descartes' Vorstellung von Geist und Materie argumentierte. Für Berkeley gab es nur Geist. In diesem reinen philosophischen Idealismus postulierte er, alle Materie sei reine Wahrnehmung und existiere nicht unabhängig von uns. Nun war also Johnson in eine angeregte Diskussion mit diesem Berkeley verwickelt. Johnson sagte, man könne nicht dagegen argumentieren, dass es keine materielle Existenz gebe, denn das Gegenteil zu beweisen sei nicht möglich. Dann stieß er mit seinem Fuß gegen einen großen Stein und sagte: Hiermit widerlege ich Ihre These! Das ist vielleicht unwissenschaftlich argumentiert, aber die These von Berkeley war es ebenso.

Und genauso mag es argumentativ unredlich sein, dass ich ein Gedankenexperiment mache, in dem Universitätsprofessoren in kochendes Wasser geworfen werden, aber das ist, was bleibt, wenn man selbst mit wissenschaftlich haltlosen Theorien wie der angeblichen Dekonstruktion des Wahrheitsbegriffs konfrontiert wird.

DER MAGIER

Sie waren selbst einige Jahre lang Universitätsdozentin.

Ja, ich unterrichtete an der University of British Columbia in Vancouver. Ich sollte Ingenieursstudenten die englische Grammatik beibringen. Und das um 8:30 Uhr morgens! Fragen Sie mich nicht, warum Ingenieure einen Kurs in Grammatik besuchen sollten, das war eben so, und es hat mir zu einem Job verholfen. Ich gab ihnen Parabeln von Kafka zu lesen, weil es in ihnen um Problemlösungen geht. Und Ingenieure lösen nun mal gerne Probleme. Dann sollten sie nach dem Vorbild von Kafka eigene Parabeln schreiben. Dann untersuchten wir die Grammatik in den Geschichten, die sie geschrieben hatten. Diese Übung war bei den Studenten ziemlich beliebt. Ingenieure sind in der Regel recht erfinderisch.

Das war etwa 1964 – ich bin älter, als Sie denken. Dann unterrichtete ich 1967 und 1968 an der Concordia University in Montréal und 1970 an der York University in Toronto, wo ich für jemanden einsprang, der gerade ein Sabbatical machte.

Sie wurden einmal gefragt, was Erfolg für Sie bedeutet, und Sie antworteten: Erfolg sei für Sie, wenn Sie nicht mehr unterrichten müssten. War es so furchtbar, Universitätsdozentin zu sein?

Ich habe gerne unterrichtet. Ich genieße es, mit Studenten zusammenzuarbeiten, mit ihnen zu diskutieren und ihnen etwas beizubringen. Als ich unterrichtet habe, hatten wir Spaß. Nun ja, ich hatte zumindest Spaß.

Aber da es mir ziemlich egal war, ob ich eine unbefristete Anstellung bekam, habe ich mich nicht darum gekümmert, dafür zu kämpfen, für immer an der Uni bleiben zu können. Das unterschied mich von meinen Kollegen, die an der Universität ihren Lebenstraum verwirklichen wollten. Ich machte einen Master und fing eine Doktorarbeit an, weil ich Schriftstellerin werden wollte, nicht weil ich eine universitäre Karriere plante. Aber ich brauchte nun mal einen Job.

> *»Ich genieße es, mit Studenten zusammenzuarbeiten. Als ich unterrichtet habe, hatten wir Spaß. Nun ja, ich hatte zumindest Spaß.«*

Einen gesicherten und prestigeträchtigen Job an einer Universität zu haben ist für viele ein Traum. Die Menschen kämpfen heutzutage mit harten Bandagen, um in die Wissenschaft zu gelangen. Warum wollten Sie da weg?

Warum wollen junge Menschen denn heutzutage unbedingt für den Rest ihres Lebens an der Uni bleiben?

Ich glaube, es hat viel mit finanzieller Stabilität zu tun. Die Welt da draußen ist ziemlich hart, sie erhoffen sich wahrscheinlich, dass sie von einer Institution beschützt werden.

Träumt weiter! Die University of Toronto, an der ich studierte, war ein Vorbild an gutem Verhalten, Liebenswürdigkeit und intellektueller Neugierde. Aber das, was danach kam, war grauenhaft. Die University of British Columbia in Vancouver, an der ich unterrichtete, war ein Vorbild darin, wie man eine Fakultät zu einem Schlachtfeld machen konnte. Ich war schockiert. Ich konnte einfach nicht glauben, was ich da vorfand. Die eine Hälfte des Lehrkörpers sprach nicht mehr mit der anderen Hälfte, aber niemand konnte sich mehr erinnern, wie das angefangen hatte. Das ging schon eine Weile so. Ich habe versucht, es herauszufinden, aber niemand konnte mir die Situation erklären. Es war ein Krieg, den man von den Vorgängern geerbt hatte, und man hat sich einfach weiter bekämpft, ohne zu wissen wofür und weshalb. Zum Glück geriet ich nicht ins Kreuzfeuer, ich stand zu weit unten auf der Leiter der akademischen Welt, um Interesse zu wecken.

Ich habe diesen Job nur angenommen, um genug Geld zu verdienen, damit ich schreiben konnte. Und dann so was.

Das heißt, Sie haben den Job angeboten bekommen?

In den Fünfzigerjahren gab es etwas, das man den Babyboom nannte. Wissen Sie, was der Babyboom war?

Natürlich weiß ich das! Es gehört zu den Obsessionen meiner Generation, sich zu beschweren, dass die Babyboomer die Wirtschaft und die Umwelt zerstört haben, und wir es nun ausbaden müssen. Und wir machen uns gerne lustig über diese Generation, die einfach in den Zug steigen konnte, um irgendwo hinzufahren, und dann gleich am Bahnhof eine unbefristete Stelle auf Lebenszeit fand.

Nun, die Babyboomer sind jetzt alt, aber ich bin sogar noch älter. Ich gehöre zur sogenannten *Silent Generation*, der schweigenden Generation, wie man in Nordamerika sagt. Wir folgten auf die *Greatest Generation*, die großartigste Generation, die im Zweiten Weltkrieg kämpfte. Nach uns kamen dann die Babyboomer, die waren cool und rebellisch. Wir von der *Silent Generation* sind wie das ungeliebte mittlere Kind. Uns wurde gesagt, wir seien langweilig, weil wir weder im Krieg gekämpft hatten noch den Umsturz der Gesellschaft forderten. Wir waren halt nicht verrückt, und deshalb wurden wir als ziemlich öde angesehen. Eben schweigend. Wir hatten offenbar nichts zu sagen.

Ich ging in den Fünfzigerjahren auf die High School. Und Sie haben recht: Wer in den Fünfzigerjahren die High School besuchte, wusste, dass er danach sicher eine Stelle bekam. Denn die Wirtschaft expandierte rasend schnell, auch wegen all der neuen Babys. Es gab schlicht nicht genügend Leute, um all diese Stellen zu besetzen. Es ging also nicht darum, einen Job zu finden, sondern sich zu überlegen, welche Art Arbeit man machen wollte. Viele verließen damals die Schule, als sie siebzehn Jahre alt waren, weil ihnen ein Job in der Automobilindustrie winkte, in einer Fabrik. Mit einem Fabrikjob konnte man damals eine ganze Familie ernähren, das war sehr attraktiv.

Diejenigen, die weitermachten und zur Universität gingen, waren eine kleine Gruppe, die Fachleute irgendeiner Art werden wollten, Ärzte, Anwälte, Ingenieure, solche Leute. Für Mädchen galt der Slogan, dass sie zur Universität gingen, um sich den akademischen Grad »MRS« abzuholen: Sie sollten ihren »Misses« machen, die englische Anrede für eine verheiratete Frau. Mädchen sollten also nur an die Uni gehen, um dort einen Mann zu finden und zu heiraten. Doch hinter dem Zuwachs an Frauen, die sich an den Universitäten einschrieben, steckte mehr als das. Der

Personalmangel war so groß, dass sogar Frauen qualifizierte Berufe ergreifen sollten. Das war die erste Generation, die in großer Anzahl Medizin studierte. Das war die Alterskohorte direkt nach mir. Ich hatte damals Freundinnen, die zu den ersten Frauen gehörten, die an ihren Unis Jura oder Ingenieurswesen studierten.

» Weiblich, Schriftstellerin – das war, als hätte ich ihnen eröffnet, dass ich im Irrenhaus lebe und sie mich nur tagsüber rausließen, damit ich Seminare unterrichten konnte.«

War die Stimmung unter den Dozenten auch an den anderen Universitäten so schlecht? Sind die schlechten Erfahrungen, die Sie in Vancouver machten, vielleicht der Grund, warum Ihnen die akademische Welt so missfällt?

Als ich an die Concordia University in Montréal wechselte, war ich bereits eine Schriftstellerin, die Romane und Gedichtbände veröffentlicht hatte. Das bedeutete, dass ich von all diesen Wissenschaftlern, mit denen ich dann zusammenarbeiten musste, mit großem Misstrauen beäugt wurde. Weiblich, Schriftstellerin – das war, als hätte ich ihnen eröffnet, dass ich im Irrenhaus lebe und sie mich nur tagsüber rausließen, damit ich Seminare unterrichten konnte.

Ich habe von Anfang an betont, dass es nie mein Ziel war, eine universitäre Laufbahn einzuschlagen. Das habe ich auch gesagt, als ich von der Harvard University angeworben wurde. Die Universitätswelt war damals noch sehr klein. Einige meiner späteren Professoren in Harvard waren

Kanadier, sie waren vor dem Krieg von den Amerikanern abgeworben worden. Also, wer weiß, welche Art Rauchzeichen von wem und an wen gesendet worden waren, aber plötzlich erhielt ich eine Einladung, doch in Harvard eine Dissertation zu schreiben. Mit einem vollen Stipendium. Ich habe der Jury, die mich dafür interviewte, klar gesagt, dass ich keine Dissertation schreiben würde, um danach an der Uni zu versauern. Ich sagte: »Nein, ich will das nicht, ich will nach Frankreich reisen, Existenzialistin werden, in einer Dachkammer leben, Wein trinken, Zigaretten rauchen, Tuberkulose bekommen, als Kellnerin arbeiten und Meisterwerke schreiben.« Sie antworteten bloß: »Wenn Sie das tun, werden Sie wahrscheinlich nicht viel zum Schreiben kommen.« Sie hatten wohl recht.

»Ich will nach Frankreich reisen, Existenzialistin werden, in einer Dachkammer leben, Wein trinken, Zigaretten rauchen, Tuberkulose bekommen, als Kellnerin arbeiten und Meisterwerke schreiben.«

Und Sie hätten es mit all diesen nervigen französischen Theoretikern zu tun bekommen.

Zwischen den Existenzialisten und dem, was nach ihnen kam, diesen Poststrukturalisten und was weiß ich, liegt ein Unterschied wie Tag und Nacht. Die Existenzialisten waren noch ein anderes Kaliber. Jean-Paul Sartre und Simone de Beauvoir schrieben keine Theorie darüber, ob es eine Wahrheit gibt oder nicht, es war eine andere Art von

Theorie, es ging darum, was eine moralisch begründbare Handlung darstellte und was nicht.

Meine Freunde und ich waren begeisterte Anhänger der Existenzialisten. Wir wollten auch schwarze Rollkragenpullis tragen und in Paris selbstgedrehte Zigaretten rauchen und uns die ganze Nacht über Literatur und Philosophie unterhalten. Aber es war nicht nur ihr Style, der uns anzog. Wir haben auch ihre Ideen verschlungen. Der Satz »Die Hölle, das sind die anderen« aus Sartres Stück *Geschlossene Gesellschaft* hat mich immer angespornt. Ich habe das als Aufforderung verstanden, mich nicht darum zu kümmern, was andere denken, weiterzumachen, nicht aufzugeben. Als Studentin habe ich mir diesen Satz durch den Kopf gehen lassen, während ich meine Abschlussprüfungen schrieb oder mal wieder ein besonders langweiliges Blind Date über mich ergehen lassen musste. Heute sage ich es mir beim Treppensteigen.

Sie schreiben in Ihren Büchern oft gegen die Entwertung der Geisteswissenschaften an. In Ihrem Roman *Oryx und Crake*, dem ersten Band der *MaddAddam*-Trilogie, besucht die Hauptfigur Jimmy eine fiktive Universität namens Martha Graham Academy, benannt nach der berühmten US-amerikanischen Tänzerin. Das Institut ist völlig heruntergekommen, weil in der dystopischen Welt des Romans kein Wert mehr auf die Künste oder die Geisteswissenschaften gelegt wird. Doch auf der Statue von Martha Graham vor der Uni steht *vita brevis, ars longa* – das Leben ist kurz, die Kunst ist lang.

Und heute sehen wir, wie die Regierung von Präsident Trump in den USA die Fördergelder für Kunst und Kultur zusammenstreicht. Ist daran irgendwas neu? Die Geisteswissenschaften befinden sich schon lange im Niedergang.

Währenddessen werden Ausbildungen in den Naturwissenschaften immer weiter aufgewertet. Aber natürlich nicht die Grundlagenforschung. Die interessiert niemanden, ebenso wenig wie die Erforschung der Umwelt. Es ist nur die Art von Wissenschaft gefragt, die sich neue Wege ausdenken kann, um Geld zu verdienen. Da kommen die Geisteswissenschaften erst recht nicht mit.

In *Oryx und Crake* besucht Jimmys bester Freund, der titelgebende Crake, keine heruntergekommene Universität der Künste und Geisteswissenschaften, sondern das elitäre Watson-Crick Institute, benannt nach den Entdeckern der DNA, Francis Crick und James Watson. Dieser Gegensatz zwischen Technologie und Kunst findet sich in vielen Ihrer Bücher.

Ich mag Technologie. Es ist großartig, was da immer erfunden wird. Aber Technologie ist bloß ein Werkzeug, das ist alles. Sei es ein spitzer Stock, eine Axt, eine Internetseite, völlig egal, das sind tote Werkzeuge. Sie sind nicht lebendig oder von sich aus animiert. Wir Menschen füllen diese Dinge erst mit unserem Geist, mit unserer Kultur. Wir sollten uns in Acht nehmen davor, uns mit immer mehr toten Werkzeugen zu umgeben, aber zu vergessen, darüber nachzudenken, wie und wozu wir Menschen diese Werkzeuge benutzen.

Natürlich haben die Leute recht, die sagen, dass Schusswaffen nicht von allein Menschen umbringen. Aber wenn sie rumliegen, ist es nun mal viel einfacher, jemanden zu erschießen. Und Twitter macht es eben viel einfacher, andere Menschen aus der Distanz zu beleidigen – nur kreativ werden muss man immer noch selbst.

*» Wir sollten uns in Acht nehmen davor,
uns mit immer mehr toten Werkzeugen
zu umgeben, aber zu vergessen, darüber
nachzudenken, wie und wozu wir Menschen
diese Werkzeuge benutzen.«*

In *Oryx und Crake* werden die Menschen von brutalen Sicherheitsfirmen streng überwacht, sie sind nahezu gläsern. Der Roman ist 2003 erschienen. Das erscheint heute einigermaßen prophetisch, denn das war noch vor der Zeit von Smartphones, die alle unsere Daten sammeln und auswerten. Erst 2013 erfuhren wir durch den Whistleblower Edward Snowden, dass unsere Internetkommunikation von den amerikanischen – und wahrscheinlich auch allen anderen – Geheimdiensten überwacht wird.

Ich habe meine Tentakel überall, auch im Technologiesektor. Ich kenne viele Leute, die in der Forschung oder für große Internetkonzerne arbeiten. Zu Beginn der Nullerjahre war ich auf eine Konferenz in Toronto eingeladen, irgendwas zur Zukunft des Internets. Da gab es ein Panel über Internetsicherheit mit allen möglichen hochrangigen Leuten aus der Tech-Szene. Als sie anfingen, erwähnt jemand zur Begrüßung den Titel des Panels, und alle lachten. Das Wort Internetsicherheit war für sie ein Scherz, ein Begriff, dessen innerer Widerspruch nur mit Humor aufgelöst werden konnte.

Mein Freund Rory organisierte regelmäßig solche Konferenzen, es kamen immer viele Leute. Ich fragte ihn einmal, ob da eigentlich auch Geheimdienstleute hingingen.

Er antwortete, dass er sicher sei, dass sich da Agenten und Analysten tummeln, aber dass er keine Möglichkeit habe, sie zu erkennen.

Erinnern Sie sich an diesen alten Comic im MAD *Magazine*, »Spion und Spion«? Wo der weiße Spion gegen den schwarzen Spion kämpft? Man weiß nicht, wer auf welcher Seite steht, vielleicht stehen sie auch auf derselben Seite. Sie bekämpfen und überwachen sich mit allen Mitteln, aber eigentlich sind sie Spiegelbilder, keiner ist dem anderen je wirklich voraus, auch wenn der eine dem anderen gerade die geheimen Dokumente unter dem Hintern weggeklaut und stattdessen eine tickende Bombe darunter gelegt hat. Genauso funktioniert die Welt der Geheimdienste, wie ein MAD-Comic. Einmal ist der eine etwas voraus, dann wieder der andere, aber eigentlich verlieren beide Seiten – und alle anderen auch.

»In der High School mussten wir diesen Berufseignungstest machen, der dir sagt, was du werden sollst, wenn du groß bist. Mein Resultat war: Bibliothekarin oder Automechanikerin.«

Nun klingen Sie wieder sehr kultur- und technikpessimistisch. Aber das kaufe ich Ihnen nicht ab: Sie besitzen sogar ein Patent! Sie haben mit Technikern einen Roboterarm entwickelt, der aus der Ferne gesteuert unterschreiben kann. Außerdem sind Sie eine rege Nutzerin von Twitter. Ganz so negativ können Sie neue Technologien nicht sehen.

Wie gesagt: Technologien sind Werkzeuge. Und ich finde Werkzeuge toll. Als Kind war ich eine große Bastlerin. Das musste ich auch sein, schließlich lebten wir im Wald. Wenn etwas kaputt ging, konnte man nicht einfach jemanden anrufen und es reparieren lassen. Es gab nicht viele Straßen, wir lebten am See und nahmen oft das Motorboot, um irgendwo hinzufahren. Das musste man manuell reparieren können, wenn es nicht mehr funktionierte, sonst waren wir aufgeschmissen. Wenn man so aufwächst wie ich, interessiert man sich also automatisch für Werkzeuge. In der High School mussten wir diesen Berufseignungstest machen, der dir sagt, was du werden sollst, wenn du groß bist. Mein Resultat war: Bibliothekarin oder Automechanikerin. Ich glaube, nicht vielen Mädchen in den Fünfzigerjahren wurde gesagt, sie sollten Automechanikerin werden.

Ich war vor Kurzem in Kuba. Wir waren in einem Bus unterwegs, der kaputt ging. Ein paar Jungs sind ausgestiegen und haben den Motorraum inspiziert. Als sie den Defekt entdeckt hatten, haben sie uns ausschwärmen lassen. Wir sind alle ausgestiegen und haben am Straßenrand durchsucht, was andere Fahrer so weggeworfen hatten. Wir hatten es auf ein Stück Gummi abgesehen. Als wir eines gefunden hatten, haben die Jungs den Motor damit geflickt. So haben wir es bis in die Stadt geschafft. Wäre der Bus nur voller Amerikaner oder Europäer gewesen, wären wir völlig aufgeschmissen gewesen. Wir haben die Fähigkeiten gar nicht mehr, die wir zum Überleben eigentlich brauchen – oder bald wieder brauchen werden, wenn es so weitergeht.

Deswegen sehe ich das ganz neutral. Bei Technologien muss man sich drei Fragen stellen: Was ist es? Wie funktioniert es? Und was erleichtert es? Sie haben immer etwas Gutes an sich und etwas Schlechtes – und etwas sehr Dummes, das man nicht erwartet hat. Mit einem Hammer kann man ein Haus bauen, aber man kann auch seinen Nachbarn töten, und man kann sich beim Häuserbauen oder Nachbarnerschlagen versehentlich auf den Daumen hauen, und das tut verdammt weh. Ein paar Jahre später hat man dann mit diesem Hammer allerlei neumodischen Schnickschnack gebaut und neue aufregende Dinge erfunden. Irgendwann kommt man zur Atomspaltung. Erst einmal sieht das natürlich aus wie eine tolle und günstige Energiequelle. Dann gibt es eine Kernschmelze in Tschernobyl und wir wissen, dass man damit die ganze Menschheit auslöschen kann. Die unerwartete Seite daran ist, dass wilde Tiere in die evakuierte Zone um Tschernobyl zurückkehren.

DER TURM

Ihr Interesse für Wissenschaft und Technologie spiegelt sich in vielen Ihrer Bücher, die als Science-Fiction bezeichnet werden könnten. Sie mögen diesen Begriff aber nicht, Sie ziehen »Speculative Fiction« vor. Sie bestehen darauf, nur das aufzuschreiben, was wissenschaftlich oder gesellschaftlich bereits im Heute angelegt ist. Auf welcher Basis spekulieren Sie?

Mein Ausgangspunkt beim Schreiben ist immer, was man heute bereits wissen kann, dann extrapoliere ich von da aus. Wie wird sich eine Erfindung oder gesellschaftliche Veränderung weiterentwickeln? Wo kommen wir hin, wenn man das an sein logisches Ende weiterdenkt? Ich lese dafür alles, was mir in die Finger kommt, Magazine wie *Discover* oder *Scientific American*, und seltsame wissenschaftliche Studien, die mir Leute schicken. Als ich in den frühen Nullerjahren *Oryx und Crake* schrieb, gab es die meisten Dinge, die im Roman vorkommen, noch nicht, das Laborfleisch zum Beispiel, oder die Genmanipulation. Aber ich habe meinen Grundsatz nicht gebrochen, denn ich habe diese Technologien nicht erfunden, das ist keine Science-Fiction im engeren Sinn. Ich wusste, dass Forscher bereits an diesen Erfindungen arbeiteten. Und heute gibt es bereits die CRISPR-Methode, um DNA ganz gezielt zu verändern. Die Dinge haben sich viel schneller entwickelt, als ich dachte.

Sie sind offenbar sehr gut im Extrapolieren, wie Sie das nennen. Das hat Ihnen den Ruf eingebracht, prophetische Kräfte zu haben. Was können Sie aus unserer heutigen Lage extrapolieren?

»Ich habe keine prophetischen Kräfte. Ich weiß nichts über die Zukunft. Es gibt zu viele Variablen, als dass jemand die Zukunft genau vorhersagen könnte. Was man allerdings tun kann, ist fundierte Vermutungen anstellen.«

Ja, plötzlich soll ich Zauberkräfte haben. Lassen Sie mich das klarstellen: Ich habe keine prophetischen Kräfte. Ich weiß nichts über die Zukunft. Es gibt zu viele Variablen, als dass jemand die Zukunft genau vorhersagen könnte. Was man allerdings tun kann, ist fundierte Vermutungen anstellen. Dann sieht man sich genau an, wo wir uns gerade befinden und in welche Richtung sich die Welt gerade entwickelt. Folgt man der Laufbahn dieser Entwicklung, kann man einige – im Nachhinein oft als erstaunlich akkurat erscheinende – Vermutungen anstellen.

Was man heute sehr klar sehen kann, ist, dass die Spezies Mensch momentan in Schwierigkeiten steckt, es wird ungemütlich für sie. Die Wetterereignisse werden immer extremer. Das wird dazu führen, dass es immer schwerer wird, die Nahrungsmittelversorgung aufrechtzuerhalten. Wenn die Versorgung der Bevölkerung mit Lebensmitteln und anderen Dingen des täglichen Bedarfs schwieriger wird, wenn es zu großen Preissteigerungen kommt oder die Regale einfach leer bleiben, wird die Bevölkerung unruhig werden. Je aufgebrachter die Menschen sind, desto höher ist die Wahrscheinlichkeit, dass es eine Rebellion gegen die Regierung geben wird, wer auch immer gerade an der Macht ist, oder welche Regierungsform wir dann haben werden.

Diese Rebellion wird unangenehm. Das Erste, was verschwinden wird, ist das Konzept »Wir«. Außer in Bereichen mit außergewöhnlicher Organisation und Führung, wie der Armee oder Gruppen, die sich auf diesen Ernstfall vorbereitet haben, wird das Wort »Ich« es ersetzen. Denn dann beginnt der »Krieg aller gegen alle«. Wie der abläuft, wissen wir von Thomas Hobbes. Nur gab es zu Hobbes' Zeiten keine Supermärkte. Wenn wir meiner Geschichte des Zusammenbruchs folgen, können wir Hobbes' Naturzustand das Bild hinzufügen, wie Supermärkte gestürmt und geplündert werden. Eine großartige zivilisatorische Errungenschaft: die Supermarktplünderung.

Es wird einen Ansturm auf die Banken geben, weil die Menschen ihr Geld so schnell wie möglich auf dem Schwarzmarkt ausgeben wollen. Ohne eine Regierung und eine stabile Wirtschaft werden die Währungen allerdings alle so schnell an Wert verlieren, dass Tauschhandel wieder aufkommt. Die Banken werden ohnehin dicht machen, denn die digitalen Systeme, auf die der internationale Finanzsektor heute angewiesen ist, werden einen solchen sozialen Aufstand nicht überleben und kollabieren. Und wenn die elektronisch gespeicherten Daten weg sind, dann löst sich auch das Geld in Luft auf, das wissen wir seit der Finanzkrise. Die Schäden für die Wirtschaft werden enorm. Oder genauer gesagt: Es wird keine Wirtschaft mehr geben.

In diesem Chaos werden neue Autoritäten die Macht übernehmen. Zuerst Schläger in ihrer Straße, dann Banden in den Vierteln, zuletzt werden sich Kriegsherren durchsetzen, die größere Gebiete beherrschen. Sie herrschen mit

Gewalt. Sie greifen die Menschen an, die sich in ihren Häusern verbarrikadiert haben, sie plündern, morden und vergewaltigen. Aber bald wird auch den brutalsten Schlägern, die das Chaos überleben, das Essen ausgehen, irgendwann gibt es nichts mehr zu stehlen, und niemand wird mehr etwas produzieren. Aufgrund des verbreiteten Hungers, der verrottenden Leichen überall, des Mülls, den niemand mehr wegbringt, der Ratten, die sich wieder ausbreiten, dauert es nicht lange, bis Epidemien ausbrechen und auch noch die stärksten Überlebenden dahinraffen.

Das alles ist in verschiedenen Varianten zu verschiedenen Zeiten der Menschheitsgeschichte schon einmal geschehen. Diesmal wird es allerdings ein viel größerer und umfassenderer gesellschaftlicher Kollaps.

»Die Folgen der Verbrennung von fossilen Energiequellen und die Erderwärmung waren bei uns Gesprächsstoff am Esstisch – in den Fünfzigerjahren!«

Sie blicken also doch ziemlich grimmig in die Zukunft.

Nein, eigentlich blicke ich ganz zuversichtlich in die Zukunft. Denn es gibt eine gute Nachricht: Viele Menschen haben gemerkt, dass wir uns auf etwas Schlimmes zubewegen – wobei es auch erschütternd ist, dass es so lange gedauert hat. Wenn man mit einem Biologen aufwächst, hört man diese Dinge schon sehr lange. Sie alle wussten das, sie wussten, dass uns die Kühe zu Tode rülpsen würden. Die Folgen der Verbrennung von fossilen Energiequellen und die Erderwärmung waren bei uns Gesprächsstoff am Esstisch – in den Fünfzigerjahren!

Wenn Sie den Bericht des Club of Rome von 1972 lesen, werden Sie sehen, dass sie genau vorhergesehen haben, in welche Situation wir geraten – und niemand hat etwas dagegen unternommen. Wie so oft ist es eine Frage des politischen Willens, denn viele derjenigen, die über das Geld und den Einfluss verfügen, einen Wandel tatsächlich vorantreiben zu können, sehen schlicht nicht ein, warum sie sich um etwas anderes scheren sollten als um ihre eigene Bilanz.

Unsere Wirtschaft ist schließlich nach dem Prinzip des Wettbewerbs organisiert. Demnach holen Unternehmen den maximalen Output aus den verfügbaren Ressourcen heraus, ohne über die Folgen nachzudenken. Warum erwartet man, dass irgendjemand, sei es ein einzelner Mensch oder eine große Institution oder ein Unternehmen, sein Verhalten ändert, wenn das keinen klaren Wettbewerbsvorteil bringt?

Sie hatten die Natur, die kanadischen Wälder, direkt vor dem Fenster, und die wissenschaftlichen Fakten, wie bedroht dieses direkte Umfeld ist, am Esstisch sitzen. Da ist es fast unmöglich, keine Umweltaktivistin zu werden, oder?

Mein eigenes Land, Kanada, ist ein ölreiches Land. Ein Großteil des Öls befindet sich in Ölsanden. Die Lizenzen zum Abbau dieses Öls verkaufen wir an jeden, der uns dafür genug Geld gibt. Das CO_2, das bei der Gewinnung des Öls entsteht, landet direkt in der Atmosphäre. Aber Kanada hat einen Profit damit gemacht. Und sprechen wir erst gar nicht von den Abbaumethoden. Die Gewinnung von Öl aus Ölsanden bedarf einer gigantischen Menge an Wasser, das meist aus Gletschern gewonnen wird. Das Öl, das in Kanada gewonnen wird, wird verbrannt, das CO2 gerät also in die Atmosphäre, das Klima erwärmt sich und die Gletscher schmelzen. Wenn die Gletscher weg sind, wird es kein Wasser mehr geben, um Öl aus Ölsanden zu gewinnen. Wir werden also durch unsere eigene Idiotie gerettet. Aber bis dahin werden wir viel Zerstörung anrichten.

Öl ist dabei nicht nur zentral für unsere Wirtschaft, sondern formt jeden Aspekt unserer Kultur so sehr, dass wir uns eine Gesellschaft, die nicht auf Öl basiert, im Moment gar nicht vorstellen können. Es gibt ein Buch von dem kanadischen Kurator Barry Lord mit dem Titel *Art & Energy: How Culture Changes*. Die Leitthese des Buches lautet, dass jede menschliche Gesellschaft auf einer spezifischen Energiequelle aufbaut, die jede Facette der Kultur und der sozialen Organisation dieser Gesellschaft prägt. Zu den Energiequellen gehören Feuer, Wind und Wasser. Aber auch die Sklaverei. Die alten Römer etwa verfügten über alle Einzelteile, die man benötigt, um Dampfmaschinen zu erfinden. Sie konnten Geräte aus raffiniertem Metall schmieden, sie wussten, dass Dampf Dinge bewegt, etwa Topfdeckel, und sie benutzten sogar schon Kohle, um Feuer länger und heißer brennen zu lassen, etwa um Metall zu schmelzen. Warum haben sie diese Teile dann nicht zusammengesetzt, um Dampfmaschinen zu erschaffen? Sie brauchten sie schlicht nicht. Denn die Römer hatten eine billige Energiequelle: ihre Sklaven.

Als die Kohle aufkam und die Industrialisierung ermöglichte, entstand eine Kultur der Produktion. Viele Menschen waren daran beteiligt, neue Gegenstände zu erschaffen. An dem Punkt kommt Marx in Spiel: Erst, wenn man eine Energiequelle hat, die eine soziale Organisation erlaubt, wie er sie beschrieb, kann man fordern, dass die Arbeiter die Produktionsmittel an sich reißen sollen.

Aber bei Öl ist das anders. Eine Gesellschaft, die auf Erdöl als Energiequelle aufbaut, wird keine Kultur der Produktion entwickeln. Denn um Erdöl abzubauen, braucht man keine riesigen Armeen von Arbeitern, die unter der Erde Tunnel graben. Öl zu produzieren ist also im Vergleich sehr viel billiger, der Überschuss, den man erwirtschaften kann, ist noch viel größer als beim Kohleabbau. Das schuf die Nachkriegskultur des Konsums. Und so ist die Wegwerfgesellschaft, die wir heute kennen, entstanden – und damit all die Kunststoffe, die in die Umwelt gelangen.

Doch auf welche Energiequelle eine Gesellschaft zurückgreift, beeinflusst nicht nur ihre wirtschaftliche Struktur, sondern auch die sozialen Beziehungen – ich würde sogar sagen: die Moral einer Gesellschaft. Unter Jägern und Sammlern findet man einen viel höheren Grad an sozialem Egalitarismus, an gerechter Ressourcenteilung und Geschlechtergleichheit als in Agrargesellschaften. Dort müssen sich die Frauen unterordnen, weil die Männer bevorzugt behandelt werden: Sie haben die stärkeren Muskeln. Diese Gesellschaften neigen dazu, starke soziale Hierarchien auszuarbeiten, in denen Grundbesitzer, Könige, religiöse Führer oder Armeeoffiziere oben stehen und Bauern unten.

Fossile Brennstoffe aber bringen dieses ganze System durcheinander. Öl hat soziale Unterschiede eingeebnet, wenn auch nicht vollständig. Öl hat sogar geschlechtsspezifische Ungleichheiten angeglichen – man braucht keinen starken Muskeln, um eine Tastatur zu bedienen.

Das ist die historische Herleitung. Aber wie kommen wir denn da nun wieder raus?

Barry Lord schreibt, dass es in jeder Gesellschaft Menschen gibt, die die Probleme ihrer Energiequelle erkennen. Sie raufen sich die Haare und klagen, wie schrecklich doch alles sei. Alle wissen um die Nachteile und schlechten Seiten ihrer jeweiligen Energiequelle, aber die meisten würden

145

niemals vorschlagen, sie zu beseitigen. Während der Sklaverei wollte niemand ein Sklave sein, es war furchtbar, ein Sklave sein zu müssen. Ach, sagten die Menschen damals, ist es nicht furchtbar, dass wir Sklaven halten müssen, dass manche Menschen Sklaven sein müssen. Dazu sind sie auch noch so schlecht erzogen und stinken fürchterlich! Aber niemand im alten Rom wollte die Sklaverei abschaffen, denn alle wussten, dass ihre Gesellschaft nur dank der Sklaverei am Laufen gehalten wurde.

SONNENAUFGANG

Moment, eigentlich wollten Sie mir doch gerade noch sagen, warum Sie zuversichtlich in die Zukunft blicken.

Zuerst muss ich ganz dialektisch das Worst-Case-Szenario erklären. Was uns im Moment bevorsteht, ist viel schlimmer als der gesellschaftliche Zusammenbruch, den ich vorhin beschrieben habe. Heute geht es nicht mehr bloß um extreme Wetterphänomene, um Dürren, Überschwemmungen und Stürme. Wenn die Temperatur weiter ansteigt, wenn wir noch mehr CO_2 in die Luft pumpen, kommt es zur wirklichen Katastrophe: der Transformation der Ozeane. Die Meere werden nicht nur durch die Erwärmung des Wassers geschädigt, die Meere gehören selbst zu den wichtigsten Faktoren, die das Klima beeinflussen. Die Ozeane werden zunehmend saurer, weil sie immer mehr CO_2 absorbieren. Dazu kommt die wachsende Menge an ölbasiertem Kunststoff, der als Müll in die Meere gerät, und an giftigen Schadstoffen, die der Mensch in die Meere schüttet. Und neben diesen eher chemischen Veränderungen gibt es auch die rein mechanische Zerstörung der Ökosysteme des Meeres wie der Laichgründe durch Überfischung und den Einsatz von Schleppnetzen. All das trägt dazu bei, dass die Ozeane immer mehr zu Wüsten werden. Das ist nicht nur ein Problem, weil uns dann der leckere Thunfisch ausgeht oder weil die Wale so putzig sind. Ohne die Meere gibt es kein Leben auf diesem Planeten. Vor über zweieinhalb Milliarden Jahren haben die Blaualgen, die sogenannten Cyanobakterien, die Atmosphäre so erschaffen, wie wir sie heute kennen: voller Sauerstoff, den alle an Land lebenden Tiere brauchen, um zu atmen, auch der Mensch. Auch heute machen diese Algen den größten Teil der Sauerstoffproduktion aus. Durch die Wassererwärmung, Versauerung und die sterbenden Ökosysteme des Meeres sind die Blaualgen akut bedroht. Das absolute Worst-Case-Szenario wäre die Zerstörung dieser Algen. Ohne sie gibt es kein Sauerstoff. Wenn die Algen sterben, ersticken wir wie Fische an Land.

»Die Ozeane werden immer mehr zu Wüsten. Das ist nicht nur ein Problem, weil uns dann der leckere Thunfisch ausgeht oder weil die Wale so putzig sind. Ohne die Meere gibt es kein Leben auf diesem Planeten.«

Das bedeutet also nicht nur den Zusammenbruch der Zivilisation, sondern das Ende der Menschheit?

Diesmal ist es sehr wohl möglich. Wir haben uns das ja schon oft vorgestellt. Im Jahr 1000 nach Christus dachten alle, dass die Welt gleich untergeht. Alle sind auf den nächsten Berg geklettert und haben gewartet, dass etwas passiert. Als die Welt dann nicht unterging, sind alle von ihren Bergen runtergestiegen und haben ein neues Datum für den Weltuntergang errechnet. Die westliche Kultur ist vom Weltuntergang besessen.

Doch diesmal sprechen wir nicht von einem übernatürlichen Ereignis, wir sprechen davon, dass wir die Ressourcen, die wir zum Überleben brauchen, in Flammen aufgehen lassen. Wenn die Ozeane absterben, sinkt die Sauerstoffmenge um etwa sechzig Prozent. Der erste Effekt wird sein, dass unsere Gehirne durch den Sauerstoffmangel nicht mehr richtig arbeiten können und die Leute sehr dumm werden. Vielleicht sehen wir das ja schon heute, das würde einiges erklären. Es wird so sein, als wäre die ganze Menschheit oben auf dem Mount Everest versammelt, und alle hätten ihre Sauerstoffflaschen unten im Tal vergessen. Alle werden sterben.

Aber selbst wenn wir es schaffen, die Temperaturen zu stabilisieren, selbst wenn wir es schaffen, die Meere zu retten, gibt es immer noch zu viele Kunststoffpartikel, die im Wasser gelöst sind. Sie geraten in unsere Körper, verursachen Krebs und Unfruchtbarkeit. Seit Jahren steigt weltweit die Sterilität bei Männern. Die männlichen Spermien sind direkt von den Giftstoffen betroffen.

Wir müssen unsere Umwelt radikal säubern – oder wir sehen dem endgültigen Aussterben der Menschheit entgegen.

Sie haben dieses Szenario in der *MaddAddam*-Trilogie – den Romanen *Oryx und Crake*, *Das Jahr der Flut* und *Die Geschichte von Zeb* – durchgespielt. Wäre es so schlimm, wenn die Menschheit ausstirbt?

Kommt darauf an, wie man die Menschheit bewertet. Bewertet man menschliche Leistungen höher als die menschliche Neigung zur Grausamkeit? Man könnte sagen: Aus der Sicht von Leuten, die Beethoven mögen, wäre es in der Tat furchtbar, wenn die Menschheit aussterben würde, denn dann gäbe es niemanden mehr, der Beethoven spielt oder hört. In *Oryx und Crake* gibt es ein Computerspiel: »Blut & Rosen«. Dabei tauscht man menschliche Errungenschaften wie Kunst, medizinische Fortschritte oder humanitäre Aktionen gegen menschliche Gräueltaten wie Kriege oder Völkermorde ein. Die Frage ist natürlich: Kann man das eine gegen das andere aufrechnen? Die Klone, die sogenannten Craker, die durch Genmanipulation von allem, was die Menschheit angeblich bösartig macht, bereinigt wurden, sind eine Antwort auf dieses Dilemma.

»Nerven Sie mich nicht, junger Mann, ich bin zu alt, um Ihre Probleme zu lösen. Es liegt nicht an Leuten wie mir, globale Probleme zu lösen, es sei denn man ist George Soros und verfügt über Milliarden.«

Die Craker mögen ja eine Lösung sein, aber alle anderen Menschen im Buch sterben einen grausamen Tod durch eine Pandemie. Gibt es keine bessere Lösung, als künstlich eine neue Spezies Mensch zu erschaffen und alle anderen auszurotten?

Nerven Sie mich nicht, junger Mann, ich bin zu alt, um Ihre Probleme zu lösen. Es liegt nicht an Leuten wie mir, globale Probleme zu lösen, es sei denn man ist George Soros und verfügt über Milliarden. Und glauben Sie mir, George Soros tut sein Bestes. Und trotzdem reicht es nicht. Außerdem wissen doch alle, was zu tun ist!

Ich versuche nach dem Prinzip des haushälterischen Umgangs mit der Umwelt zu leben. Das ist nichts Neues für mich, so bin ich aufgewachsen. Aber ich kann niemanden zwingen, so zu leben. Wir müssten unsere ganze Kultur umkrempeln, um von einer Denkweise des verschwenderischen Umgangs zu einer des haushälterischen Umgangs zu gelangen. Erneuerbare Energien wären da schon einmal ein Anfang, da hat immerhin schon ein zaghafter Übergang begonnen. Aber jede Übergangszeit ist stürmisch. Denn einige Leute wollen die alten Verhaltensweisen beibehalten, die für sie sehr vorteilhaft sind. Andere verlangen eine neue Art, Dinge zu tun. Das bedeutet neue Regeln, was nach neuen Leuten verlangt, die diese Regeln aufstellen können und sie verstehen. Es entsteht also eine neue Elite, die gegen die alte Elite kämpft. Das ist ein normaler Prozess in der Geschichte, es gab schon immer Konflikte, Meinungsverschiedenheiten, Debatten. Nur ist die Lage diesmal anders: Während wir hier Debatten führen, werden wir bei lebendigem Leibe gekocht.

Vorhin haben Sie aber gesagt, Sie seien eigentlich optimistisch. Was stimmt Sie zuversichtlich?

Heute gibt es viele intelligente Menschen, die sich diesen Problemen widmen, und viele neue Technologien entstehen. Auf meinem Schreibtisch liegt gerade eine Liste von fünfzehn von ihnen. Einige nehmen Kohlenstoff direkt aus der Luft und verwandeln ihn in andere Materialien, wie zum Beispiel Zement. Andere fangen Kohlenstoff ein, indem sie degradierte tropische Regenwälder regenerieren – eine schnelle und kostengünstige Methode – oder Kohlenstoff im Boden mit Hilfe von Biokohle absondern, was den zusätzlichen Vorteil hat, dass die Bodenfruchtbarkeit erhöht wird. Einige verwenden Algen, die auch zur Herstellung von Biokraftstoff verwendet werden können. Andere arbeiten an der Herstellung eines kohlenstoffabsorbierenden Asphalts. Seitdem das Pflanzenleben auf der Erde entstanden ist, wird Kohlenstoff recycelt; diese Technologien und die sie entwickelnden Unternehmen verbessern diesen Prozess.

Wir haben im Laufe unserer Geschichte einige sehr dumme Taten begangen, aber unsere Dummheit ist nicht unvermeidlich. Wir haben uns noch nicht mit Atombomben in die Luft gejagt. Dank *Der stumme Frühling*, Rachel Carsons bahnbrechendem Buch aus den Sechzigerjahren über Pestizide, wurden nicht alle Vögel durch das Insektizid DDT getötet. Und es ist uns gelungen, das tödliche Loch in der schützenden Ozonschicht, das durch die Fluorchlorkohlenwasserstoffe in Kältemitteln und Spraydosen verursacht wurde, langsam wieder zu schließen und uns vor der UV-B-Strahlung zu schützen. Diese Beispiele zeigen, dass es doch möglich ist, unser Verhalten als Gesellschaft zu ändern.

LEBEN UND WERK

1939 Margaret Eleanor Atwood wird am 18. November in Ottawa, Kanada, geboren. Da ihr Vater Carl Edmund Atwood als Insektenforscher arbeitet, verbringt sie große Teile ihrer Kindheit in den Wäldern der Provinz Québec und wird gemeinsam mit ihrem älteren Bruder von ihrer Mutter Margaret Dorothy zu Hause unterrichtet. Mit sechs Jahren beginnt die fanatische Leserin, erste Gedichte und Theaterstücke zu schreiben.

1946 Umzug nach Toronto, wo Margarets Vater eine Professur an der University of Toronto erhält. In Toronto besucht sie bis zum Collegeabschluss eine reguläre Schule.

1961 Bereits während ihres Studiums der englischen Sprache und Literatur an der University of Toronto erscheint ihr erster Gedichtband *Double Persephone*.

1962 Sie schließt ihr Studium am berühmten Radcliffe College der Harvard University mit einem Master ab. Die anschließende Dissertation in Harvard beendet sie nicht.

1964   Ihr zweiter Gedichtband *The Circle Game* erhält den renommierten kanadischen Governor General's Award; achtzehn weitere Gedichtbände werden im Laufe ihrer schriftstellerischen Karriere folgen.
Im selben Jahr beginnt sie, als Literaturwissenschaftlerin an der Universität zu unterrichten, zuerst in Vancouver, später in Montréal und Toronto.

1968   Atwood heiratet den amerikanischen Schriftsteller Jim Polk. Die Ehe hält bis 1973.

1969   *Die essbare Frau*, ihr erster Roman, erscheint.

1972   Mit ihrem ersten Sachbuch *Survival: A Thematic Guide to Canadian Literature* etabliert sie sich als wichtige und aufstrebende Stimme der kanadischen Literatur.

1976   Geburt ihrer Tochter Eleanor Jess. Der Vater ist der kanadische Schriftsteller Graeme Gibson, mit dem Margaret seit 1973 auf einer Farm in der kanadischen Provinz Ontario zusammenlebt. Sie sind bis heute ein Paar.
Im selben Jahr erscheint ihr bereits vierter Roman *Lady Orakel*, für den sie mit dem Toronto Book Award ausgezeichnet wird.

1977   *Unter Glas*, ihr erster und sogleich mehrfach prämierter Band mit Erzählungen, wird veröffentlicht.

1978   Ihr erstes Kinderbuch *Hoch oben im Baum* wird publiziert.

1985   Atwoods wohl berühmtester Roman *Der Report der Magd* wird veröffentlicht und mit dem Arthur C. Clark Award und dem Governor General's Award ausgezeichnet.

1988   *Katzenauge*, Roman

1990   Volker Schlöndorff verfilmt den Roman *Der Report der Magd* unter dem Titel *Die Geschichte der Dienerin*.

1993   *Die Räuberbraut*, Roman

2000   Für ihren mittlerweile zehnten Roman *Der blinde Mörder* erhält Atwood, nachdem sie bereits mit *Der Report der Magd* und *Katzenauge* unter den Finalisten war, schließlich den hochdotierten Booker Prize sowie den Hammett Prize.

2002   *Negotiating with the Dead. A Writer on Writing*, Sachbuch

2003   *Oryx und Crake*, Roman, erster Teil der *MaddAddam*-Trilogie

2006   *Moralische Unordnung*, Episodenroman

2009   *Das Jahr der Flut*, Roman, zweiter Teil der *MaddAddam*-Trilogie
Nelly-Sachs-Preis für ihr Gesamtwerk

2013   *Die Geschichte von Zeb*, Roman, dritter Teil der *MaddAddam*-Trilogie

2014   *Die steinerne Matratze*, Erzählungen

2016   *Angel Catbird*, Graphic Novel
Hexensaat, Roman
National Book Critics Circle Award für ihr Lebenswerk

2017   Auf dem us-Streamingportal Hulu startet die Serie *The Handmaid's Tale – Der Report der Magd*. Sie wird mit mehreren Emmy Awards und zwei Golden Globe Awards ausgezeichnet. Atwood arbeitet beratend am Drehbuch mit und hat einen Cameo-Auftritt in der Serie, die 2018 mit einer zweiten Staffel und 2019 mit einer dritten Staffel fortgesetzt wird.
Friedenspreis des Deutschen Buchhandels
Franz-Kafka-Preis
Aufnahme in die Science Fiction Hall of Fame

2019   *Die Zeuginnen*, die langerwartete Fortsetzung von *Der Report der Magd*, erscheint – ihr achtzehnter Roman. Mit nun achtzig Jahren hat Margaret Atwood bisher über fünfzig kanadische und internationale Auszeichnungen für ihr schriftstellerisches Werk* erhalten und trägt über zwanzig Ehrendoktorwürden, unter anderem in Oxford, Cambridge, Harvard und an der Sorbonne.

---

* Margaret Atwoods Werk umfasst bis dato achtzehn Romane, zehn Bände mit Erzählungen, zwanzig Gedichtbände, zehn Sachbücher, sieben Kinderbücher, mehrere Theaterstücke und Libretti und eine Graphic Novel. In dieser Auflistung sind nur die im deutschsprachigen Raum bekanntesten sowie die im Gespräch erwähnten Titel aufgeführt.

REGISTER